Erich Wurth

Mordanschläge und Massagen

edition
nove

Dieses Buch wurde digital nach dem neuen „book on demand" Verfahren gedruckt. Für den Inhalt und die Korrektur zeichnet der Autor verantwortlich.

Printed in the European Union
ISBN 978-3-85251-709-4

Gedruckt auf umweltfreundlichem, chlor- und säurefrei gebleichtem Papier.

www.editionnove.de

I. Kapitel:

Siegfried frönt dem Nichtstun und Sabine übernimmt einen Auftrag

Mitunter gibt es Leute, die ihren Zeitgenossen missliebig sind, allein aus dem Grund, weil sie existieren.
Nun sollte man meinen, es wäre leicht, solchen missliebigen Personen aus dem Weg zu gehen und in den meisten Fällen ist es ja auch so. Man kann um Leute, deren Nase einem nicht gefällt, einen Bogen machen, ebenso um solche, deren penetranten Mundgeruch man nicht ertragen kann. Aber es gibt Fälle, da nützt das nichts. Insbesondere sind das jene Fälle, in denen die missliebige Person über Dinge – hauptsächlich Vermögenswerte – verfügt, über die sie nicht verfügen würde, wenn es sie nicht gäbe.
Dann könnte in den meisten Fällen ein Anderer über jene Dinge verfügen. Und über etwas Wertvolles zu verfügen, ist eine durchaus erstrebenswerte Angelegenheit.
Es liegt darum nahe, einer solchen missliebigen Person einen anderen Aufenthaltsort zu wünschen. Etwa zwei bis drei Meter unter der Erdoberfläche, versehen mit einem Holzpyjama und den ewigen Schlaf absolvierend.
Sich so etwas zu wünschen, ist nicht verboten! Allerdings ist es nicht ganz gesetzeskonform, konkrete Maßnahmen zu ergreifen, den Missliebigen tatsächlich dem Kreislauf der Natur zuzuführen, auch wenn man seinen neuen Aufenthaltsort mittels eines noch so geschmackvoll gestalteten Grabsteines kennzeichnen würde.

Trotzdem: Manchmal wird der Wunsch nach dem Ableben eines Missliebigen übermächtig – und dann muss man eben auf Mittel und Wege sinnen, den vom Gesetzbuch angedrohten Folgen der Umwandlung einer missliebigen Person in eine höchst willkommene Leiche zu entgehen.

Solche Mittel und Wege gibt es! Es ist nur eine Frage des Erfindungsreichtums und der Phantasie, die geeignete Methode zu finden!

Ingenieur Siegfried Kratky war gleich zwei Personen äußerst missliebig und das aus verschiedenen, aber durchaus ähnlichen Gründen. Denn in beiden Fällen ging es ums liebe Geld.

Siegfried war etwas über fünfzig Jahre alt und führte ein recht angenehmes Leben. Na ja, nicht allzu angenehm, dafür sorgte schon seine Haushälterin Claudia, die ein strenges Regiment im Haus Kratky führte.

Siegfried hatte sich während seines Berufslebens mit Elektronik befasst und sich auf Automaten spezialisiert. Schaltkreise, Sensoren und Rückkopplungen waren seine große Leidenschaft und im Lauf der Zeit hatte er einige Erfindungen auf diesem Gebiet gemacht. Vor allem in der Entwicklung von Industrierobotern war Siegfried ein anerkannter Experte und sein Unternehmen KESS, was soviel wie „Kratky Elektronische Sensor Systeme" bedeutete, florierte ganz anständig.

Allerdings hatten die ersten Jahre einiges an Aufbauarbeit verlangt und Siegfried hatte deshalb sein Familienleben etwas vernachlässigt, was dazu führte, dass seine Frau die ihr fehlende Zuwendung anderweitig gesucht – und gefunden – hatte. Seit neunzehn Jahren war Siegfried geschieden. Anlässlich des unerfreulichen Auftrittes, den es gegeben hatte, als er seine Frau mit dem Gartenarchitekten in flagranti erwischt hat-

te, stellten sich zum ersten Mal bei Siegfried Herzbeschwerden ein.
Wenn man in einem Alter von noch nicht einmal fünfunddreißig draufkommt, dass erstens die Ehefrau es mit der Treue nicht so genau nimmt und zweitens ebenso die körpereigene Pumpe mit der ihr zugedachten Arbeit, dann beginnt man nachzudenken. Das tat Siegfried, und zwar gründlich.
Die nächsten paar Jahre verwendete er dazu, seinen Mitarbeiter Bernd Rappold als Nachfolger aufzubauen und sich mehr und mehr aus dem Geschäft zurückzuziehen. Nach diesen paar Jahren übernahm Bernd die KESS gegen eine Leibrente von hundertfünfundsechzigtausend Schilling, also beinahe zwölftausend Euro pro Monat und Siegfried zog sich zur Schonung seines Herzens ins Privatleben zurück.
Der Betrag mag hoch erscheinen, aber KESS erwirtschaftete Gewinne, die eine solche Summe durchaus rechtfertigten, zumal Bernd nicht nur das Unternehmen, sondern auch alle Patente Siegfrieds übernahm, die ihrerseits beachtliche Lizenzgebühren abwarfen.
So lebte Siegfried also mehr oder weniger zufrieden in seiner beachtlichen Villa mit dem großen Schwimmbecken direkt am Haus, tagsüber betreut von seiner überaus energischen Claudia, die Siegfrieds Cholesterinspiegel vermittels einer strengen Diät niedrig zu halten versuchte, was Siegfried dazu veranlasste, sich eine geheime Speisekammer hinter dem Hausanschlusskasten einzurichten, in der ständig Würste, Speck, Brot und Rotwein verfügbar waren. Weiterhin beschäftigte er sich mit seinen Sensoren und Schaltungen und entwickelte neben anderen Dingen auch einige amüsante, automatische Geräte für die Gartenarbeit.
Die Villa, die Siegfried ganz allein bewohnte, nur tags-

über betreut von seiner resoluten Claudia, stand auf einem 1400 Quadratmeter großen Grundstück, einer Doppelparzelle in einer stillen Seitengasse und wurde von zwei Dingen beherrscht: Dem erwähnten großzügigen Schwimmbecken und einem gewaltigen Birnbaum an dessen Rand, der die Zweige zum Teil über die Wasserfläche ausbreitete. Die Villa, die nur aus Erdgeschoß und erstem Stock bestand, war vor mehr als zwanzig Jahren gebaut worden, als Siegfrieds Firma mit Hilfe eines lukrativen Auftrags aus der Autozulieferindustrie genug abgeworfen hatte, dass sich Siegfried diesen Traum erfüllen konnte. Der Garten wurde wenig später angelegt, was zu dem bereits erwähnten Kontakt zwischen dem Planer der Anlage und Siegfrieds Gattin geführt hatte.

Er liebte sein Haus und seinen Garten und verbrachte in der schönen Jahreszeit den größten Teil des Tages im Freien. Vor allem am Schwimmbecken, in das er von Zeit zu Zeit zur Abkühlung hineinsprang.

Soeben war er mit der Fertigstellung einer Schaltung beschäftigt, die ein kleines Modellboot im Schwimmbecken steuerte. Es war zwar eine völlig nutzlose Spielerei, die er da betrieb, aber es reizte ihn, das Boot so zu programmieren, dass es, von einem kleinen Elektromotor getrieben, selbständig verschiedene Muster auf der Wasseroberfläche beschrieb und dabei eventuellen Hindernissen auswich.

Als er, nur mit Shorts bekleidet, das Boot ins Wasser gleiten ließ, kam Claudia aus dem Haus und brachte Siegfried seinen Nachmittagsimbiss zu seinem Liegestuhl am Beckenrand.

Claudia war eine zwar recht hübsche, aber eher unscheinbare, etwa fünfundzwanzigjährige Frau, die prinzipiell in alten Jeans herumlief und man sah ihr die

Bestimmtheit, mit der sie Siegfried behandelte, eigentlich gar nicht an.
„Kommen Sie, Claudia!“, rief Siegfried, als er sie kommen sah. „Hüpfen Sie doch einmal schnell ins Becken rein!“
„Sonst noch Wünsche?“, fragte Claudia entrüstet. „Warum denn?“
„Weil ich sehen will, ob Ihnen das Boot tatsächlich automatisch ausweicht“, bekannte Siegfried.
„Hüpfen Sie selber rein“, schlug Claudia vor. „Sie sollten eh mehr Bewegung machen. Ist gut fürs Cholesterin.“
„Pfeif' drauf“, sagte Siegfried. Dann deutete er auf das Tablett, das ihm Claudia brachte. „Auf das auch! Das ist ja ungenießbar!“ Auf dem Tablett gab es nur zwei Scheiben Knäckebrot, ein kleines Häufchen Magertopfen, ein Radieschen und einen halben grünen Paprika.
„Das is' mehr, als eigentlich gut wär' für Sie!“, schimpfte Claudia. „Das letzte Mal war das Cholesterin wieder höher! Ich möcht' wissen, wie Sie das machen. Ich reiß mir ein' Haxen aus mit'm Fett und der Cholesterinspiegel steigt. Lassen Sie sich heimlich in der Nacht die 'bratenen Stelzen bringen?“
„Blödsinn“, sagte Siegfried. „Der Körper produziert selber Cholesterin, weil Sie mich so kurz halten! Is' doch ganz klar!“
„Nix is' klar!“, widersprach Claudia. „Na, ich werd Ihnen schon noch draufkommen! So was Unvernünftiges!“ Damit stellte sie das Tablett ab und marschierte ins Haus zurück. Siegfried grinste. Das Tablett ließ er unangetastet stehen, er hatte hinter dem Hausanschlusskasten ja eh noch eine ganze Salami, schön fett. Das Boot beschrieb eine Acht im Schwimmbecken

und hielt den Sicherheitsabstand zum Beckenrand genau ein. Siegfried war zufrieden. Jetzt drückte er einen Knopf auf dem Kästchen, das die Fernsteuerung enthielt. Das Boot stoppte, beschrieb dann einen Kreis und fuhr einen Angriff auf eine Stehleiter, die Siegfried am Beckenrand aufgestellt hatte und an der eine Zielscheibe aus Karton hing.

Als das Boot etwa fünf Meter vom Ziel entfernt war, gab es einen scharfen Knall und eine kleine Rakete wurde gegen die Leiter hin abgefeuert. Volltreffer! Die automatische Zielvorrichtung funktionierte.

Claudia kam aus dem Haus und rannte zum Schwimmbecken. „Haben Sie sich in d' Luft g'sprengt?", fragte sie, als sie bei Siegfried ankam. Aber der saß zufrieden grinsend in seinem Liegestuhl.

„Funktioniert", stellte er nur fest. „Wenn's Pentagon anruft und die neue Wunderwaffe haben will, holen S' mich zum Telefon."

Claudia ging kopfschüttelnd ins Haus zurück. „So was Kindisches", sagte sie. „Dass ein erwachsenes Mannsbild so verspielt sein kann…"

Etwa eine Stunde bevor Siegfried seine beiden Knäckebrotscheiben serviert bekam, näherte sich ein weißer, kleiner Mittelklassewagen dem Firmensitz von KESS und bog auf den Parkplatz des Unternehmens ein.

Dem Auto entstieg eine elegante, attraktive schwarzhaarige Frau von etwa vierzig Jahren, die man auf den ersten Blick für eine Dame aus dem Management eines Konzerns hätte halten können. Sie war schlank, sehr gepflegt und trug einen dunkelgrauen Hosenanzug in dem Nadelstreifmuster, das das Kennzeichen für Leute ist, die es gewohnt sind, Entscheidungen zu treffen.

Als die attraktive Dame das Gebäude betrat, hatte sie allerdings lediglich ihre Handtasche, aber keinen Aktenkoffer oder sonstige Gegenstände bei sich. Am Empfang stellte sie sich vor: „Sabine Schuster von der Agentur. Direktor Rappold hat mich herbestellt.“

Die Empfangsdame von KESS, die eher gelangweilt daraufhin den Direktor angerufen hatte, wurde einige Stufen freundlicher, als der Chef ihr sagte, er werde Frau Schuster am Aufzug erwarten. Sie bat die Besucherin, in den zweiten Stock zu fahren, der Chef würde sie dort abholen.

Als Sabine aus dem Lift trat, stand ihr ein etwas bulliger, ungefähr gleichaltriger Mann mit sehr kurzem Haarschnitt gegenüber. „Frau Schuster? Ich bin Bernd Rappold. Kommen Sie bitte mit?“

Er führte sie in ein geräumiges Büro und bot ihr Platz an, dann bestellte er telefonisch Mineralwasser und setzte sich an seinen Schreibtisch. Während er auf das Wasser wartete, musterte er seine Besucherin eingehend, wobei seine Miene immer freundlicher wurde.

„Ich nehme an, Sie werden nicht oft zu solchen Firmengebäuden gerufen“, eröffnete Rappold das Gespräch.

„Manchmal doch“, sagte Frau Schuster. „Wir sind eine Agentur, die sich auch mit ungewöhnlichen Fällen befasst.“

„Na ja, Betreuung von Geschäftspartnern vielleicht“, meinte Rappold. „Aber das da ist noch ungewöhnlicher. Man hat mir gesagt, dass Sie nicht grad zimperlich sind. Stimmt das?“

„Kommt drauf an“, wich Frau Schuster aus. „Um was geht's denn?“

Es klopfte und das Mineralwasser wurde gebracht. Während die Mitarbeiterin Rappolds die Flasche und zwei Gläser auf den Schreibtisch stellte, suchte der Direktor ein Foto aus der Lade hervor und hielt es seiner Besucherin hin.
„Um den Burschen geht's", sagte er. Sabine Schuster sah sich das Bild genau an.
„Netter Kerl", kommentierte sie. Die KESS Mitarbeiterin verließ das Büro wieder und als sie allein waren, sagte Direktor Rappold: „Den sollen Sie abmurksen."
Sabine Schuster legte das Foto wortlos auf den Schreibtisch zurück und stand auf. Als sie bereits den halben Weg zur Bürotür zurückgelegt hatte, sagte sie: „Ich vermute, da handelt es sich um ein Missverständnis. Wiedersehen."
„Moment!", rief Rappold. „Bleiben Sie! Ich hab mich vielleicht schlecht ausgedrückt."
Sabine drehte sich um. „Abmurksen haben Sie gesagt. Jedenfalls hab ich das verstanden."
„Lassen Sie mich einmal erklären!", bat Rappold.
„Herr Direktor, wir sind eine Begleitagentur", sagte Sabine mit Nachdruck. „Ich hab schon mehrere Jobs für die Wirtschaft erledigt und es ist immer darum gegangen, maßgebliche Herren so zu verwöhnen, dass sie den Argumenten unserer Kunden zugänglicher waren, als es ohne unsere Betreuung der Fall gewesen wäre. Aber verwöhnen und abmurksen ist ein Unterschied!"
„In diesem Fall nicht", warf Rappold ein. „Setzen Sie sich wieder und hören Sie mir zu. Dann können Sie immer noch nein sagen."
Zögernd kam Sabine zum Schreibtisch zurück und setzte sich wieder. Sie war doch neugierig, was da dahinter steckte, zumal sie der Mann auf dem Foto eini-

germaßen beeindruckt hatte.
Rappold erklärte und er nahm sich kein Blatt vor den Mund.
Der Mann auf dem Foto wäre der Firmengründer, Ingenieur Siegfried Kratky. Jetzt etwas über fünfzig, hätte der Alte die KESS zu dem gemacht, was sie jetzt wäre. Vor einigen Jahren hätte er, Bernd Rappold, die Firma gegen eine beachtliche Leibrente übernommen und jetzt fände er es an der Zeit, dass der alte Kratky langsam den Abgang machen sollte. Kratky hätte Herzprobleme und lebe allein in einem großen Haus. Sabines Aufgabe wäre es nun, mit dem alten Kratky ein paar Nächte zu verbringen und seinem Herz so zuzusetzen, dass ein kleiner, letaler Infarkt die Folge wäre. Ein solcher plötzlicher, tragischer Todesfall wäre ihm, Rappold, immerhin eine schöne Stange Geld wert, nämlich zehn monatliche Leibrenten, also hunderttausend Euro. (Es widersprach Rappolds Geschäftssinn, die tatsächliche Höhe der Leibrente bekannt zu geben.) Geld, das nicht Sabines Agentur, sondern sie selbst als Erfolgsprämie erhalten würde.
„Bedenken Sie“, erklärte Rappold, „Sie haben nichts anderes zu tun, als Sie in solchen Situationen schon oft getan haben. Verwöhnen Sie den alten Siegfried nach allen Regeln der Kunst und treiben Sie seinen Blutdruck in die Höhe. Wenn's nicht klappt, war es ein ganz normaler Job für Sie und für den Siegfried ein großartiges Abenteuer, das ihn vielleicht sogar dazu bringt, die Leibrente zu reduzieren. Und wenn's klappt und er ins Gras beißt, kriegen Sie eine Prämie, die sich gewaschen hat! An der ganzen Sache ist überhaupt nichts Verwerfliches!“
Sabine war sehr nachdenklich geworden. Nichts Verwerfliches. Na ja, so wie Rappold es darstellte, war es

wirklich nur ein ganz normaler Job. Wenn sich jemand zu viel zumutete, war es ja wirklich nicht ihre Schuld. Rappold bemerkte die Nachdenklichkeit seines Gegenübers und beeilte sich, „noch ein Schäuferl nachzulegen". Er erging sich in Komplimenten über Sabines Aussehen, dass sie genau der Typ wäre, auf den Siegfried anspreche und dass die ganze Sache ein Klacks für sie wäre.

Man sprach übers Finanzielle. Sabine hatte die Befürchtung, im Falle ihres Erfolges die Prämie nicht zu erhalten. Rappold zerstreute ihre Bedenken. Die hunderttausend wären bereits in der Schweiz deponiert. Schwarzgeld, das auf einem gesperrten Konto läge, dessen Sperre im Falle von Siegfrieds Ableben aufgehoben würde. Und außerdem, Sabine könne ja Gefallen daran gefunden haben, jemanden um die Ecke zu bringen, weshalb sich er, Rappold, nicht mehr sicher fühlen würde, wenn er nicht zahlte.

Schließlich bat sich Sabine Bedenkzeit aus. Rappold ging sofort darauf ein. Sie möge ihm möglichst bald Bescheid geben. Und zum Abschied überreichte Direktor Rappold ihr einen Zettel mit einer Kontonummer einer Schweizer Bank, als kleinen Anreiz, wie er sich ausdrückte.

Als Sabine nach dem Gespräch nach Hause fuhr, arbeitete ihr Hirn bereits fieberhaft. Sie war jetzt fast vierzig. Lang konnte sie ihren Job ohnehin nicht mehr machen und außerdem, ihr Wunsch war es nie gewesen, sich als Prostituierte durchzubringen, auch wenn auf sie eher der Ausdruck „Edelprostituierte" zutraf. Das Angebot war verlockend.

Als sie an einer Kreuzung vor roter Ampel warten musste, fiel ihr Blick auf eine elegante Boutique. „Silvia Slupetzky – Damenmoden" stand über dem

Schaufenster. Und plötzlich verschwammen die Buchstaben vor ihren Augen und Sabine vermeinte „Sabine Schuster – Damenmoden“ zu lesen. Na ja, mit hunderttausend könnte sie so was tatsächlich versuchen! Neuer Job – neues Leben!
Als die Ampel auf grün sprang, war Sabine bereits dazu entschlossen, Rappold anzurufen und ihm zuzusagen.

„Ich geh dann. Schönen Abend noch!“
Claudia rief es von der Terrassentür aus Siegfried zu. Zu ihm ans Schwimmbecken zu gehen, hielt sie nicht der Mühe wert.
„Ja, schönen Abend auch!“, rief Siegfried zurück. Dann wartete er, bis Claudia den Garten verlassen hatte und er ihren Kleinwagen am Gartenzaun vorüber fahren sah, dann machte er sich auf den Weg, um Salami, Weißbrot und den Rotwein aus dem Versteck hinter dem Hausanschlusskasten zu holen.
Später saß er im Liegestuhl, ließ das Boot im Schwimmbecken seine Figuren ziehen und knabberte an dicken Salamischeiben, da hörte er eine weibliche Stimme vom Gartentor her: „Entschuldigung, wohnt hier Herr Kratky?“
Siegfried stand auf und ging zum Garteneingang. Eine bildhübsche, etwa vierzigjährige Frau in einem relativ kurzen, einfachen, weißen Leinenkleid stand davor.
„Kratky“, stellte sich Siegfried vor. „In voller Lebensgröße und höchstpersönlich. Was kann ich für Sie tun?“
„Direktor Rappold schickt mich“, erklärte die Frau.
Siegfried öffnete die Tür. „Herein mit Ihnen! Dass der Bernd mir einmal so einen netten Besuch schickt, bin

ich gar nicht gewöhnt von ihm! Was will er denn?"
Die Frau trat ein und streckte Siegfried die Hand entgegen. „Schuster. Sabine Schuster. Ich soll Sie massieren."
Siegfried ergriff Sabines Hand und deutete einen Handkuss an. „Ist der denn auf einmal übergeschnappt?", sagte er dann.
„Er macht sich halt Sorgen über Ihre Gesundheit", erklärte die Besucherin.
„Der würde mich am liebsten unter der Erde sehen", widersprach Siegfried. „Er zahlt nämlich nicht gern."
„Dann möchten Sie also nicht massiert werden?", fragte Sabine enttäuscht.
„Von Ihnen immer!", verkündete Siegfried. „Ein Glas Rotwein vorher? Kommen Sie doch bitte da hinüber." Er ging voran zum Schwimmbecken, rückte für Sabine einen Liegestuhl heran und wartete, bis sie Platz genommen hatte.
„Also, welchen Hintergedanken hat der alte Bernd? Aus Menschenfreundlichkeit macht der nämlich gar nix!" Dabei goss er den Rotwein ins Glas und reichte das seiner Besucherin.
„Dazu kann ich nichts sagen", meinte Sabine. „Ich hab nur den Auftrag gekriegt, Ihnen eine Massage zur Stimulierung der Herztätigkeit zu machen."
„Wenn ich Sie nur anschau', wird die Herztätigkeit schon stimuliert", sagte Siegfried. „Wenn die Masseuse so attraktiv ist, braucht sie gar nix mehr tun und der Kreislauf kommt ganz schön in Schwung. Aber bitte, ich will Sie nicht aufhalten! Muss ja toll sein, von Ihnen massiert zu werden."
Sabine nahm einen Schluck Wein und meinte: „Fangen wir halt gleich an! Ich muss nur noch den Massagetisch aus'm Auto holen."

Siegfried begleitete sie zum Gartentor und wartete dort, bis sie den zusammen geklappten Tisch aus ihrem Wagen geholt hatte. Dabei sah er, dass sie sich leicht und anmutig bewegte und er fühlte ein eigenartiges Kribbeln im Bauch. Schon lang nicht mehr hatte er dieses Gefühl gehabt, das ihn an seine Jugend erinnerte. Damals konnten noch viele Mädchen dieses Kribbeln hervorrufen, beinahe jede hübsche weibliche Person, aber jetzt schien das vorbei zu sein.
Umso mehr freute sich Siegfried auf die versprochene Massage. Mochte der Bernd auch noch so gemeine Hintergedanken haben – im Moment war das Siegfried völlig egal!

Etwa drei Kilometer von Kratkys Villa entfernt, in einem schäbigen Gasthaus an einer Straßenecke, lehnte ein sehr junger Mann mit Namen Matthias an der Theke und hatte ein kleines Bier vor sich stehen. In dem Lokal waren hauptsächlich Türken anwesend, aber im Hintergrund wurde an einem Tisch lautstark Serbokroatisch gesprochen. Matthias fühlte sich nicht wohl in dieser Umgebung, aber er musste auf Mustafa warten, der ihn hierher bestellt hatte.
Mit etwa zehn Minuten Verspätung tauchte Mustafa schließlich auf und stellte sich neben Matthias. Den Plastiksack, den er in der Hand getragen hatte, schob der Türke dem Matthias zu, der seinerseits ein Bündel Banknoten aus der Hosentasche zog und zu Mustafa hinüber schob.
Mustafa zählte nach, nickte und verließ wortlos das Lokal. Matthias sah in den Plastiksack, nahm aber die darin befindliche Waffe nicht heraus. Der Inhalt des

Sackes war in Ordnung. Die automatische Glock Pistole und eine Schachtel Patronen.
Matthias trank das Bier aus, legte drei Münzen auf den Tisch, nickte dem Wirt zu und machte, dass er ebenfalls aus dem Lokal kam.
Draußen stieg er in einen kleinen Mietwagen, zog ein Handy aus der Tasche seiner Jeanshose und tippte eine längere Nummer ein.
„Hallo Mami", sagte er dann. „Die Pistole hab ich."
Dann hörte er einige Minuten zu und ließ einen Haufen Ermahnungen über sich ergehen. Mehrmals sagte er nur „Ja, Mami", dann schien endlich seine Mutter alle Anweisungen angebracht zu haben. „Morgen geht's dem Papa an den Kragen", kündigte er schließlich an. „Ich ruf dich an, sobald ich ihn umgelegt hab. Ja, Mami, ich bin vorsichtig. Servus Mami!"
Dann steckte er das Mobiltelefon wieder ein, startete den Motor und fuhr zu einer kleinen Pension am Stadtrand, in der er ein billiges Einzelzimmer gefunden hatte.
Jetzt musste er nur mehr Siegfried Kratky erschießen.

Wunderbar machte das diese Sabine! Am liebsten hätte Siegfried geschnurrt wie ein kleines Kätzchen. Ihre Hände waren so angenehm auf seinem Rücken und jede ihrer Berührungen ließ höchst angenehme Schauer durch seinen Körper rieseln.
„Bitte liegen bleiben", sagte sie jetzt, als Siegfried sich leicht herumdrehte, um ihre Beine in sein Gesichtsfeld zu kriegen.
„Da seh' ich nix von Ihnen", beschwerte sich Siegfried.

„Das brauchen Sie auch nicht", behauptete Sabine.
„Dann ist es nur der halbe Genuss. Das Kleid steht Ihnen ausgezeichnet und für so einen Anblick müsste man im Kino zahlen", stellte Siegfried fest. Sabine kicherte.
„Später kommen die Halsmuskel dran", sagte sie. „Dann dürfen Sie schauen."
„Nehmen Sie doch die Ofenröhre gleich dran", verlangte Siegfried, setzte sich auf und ließ die Beine seitlich vom Massagetisch baumeln. „Ich muss Sie unbedingt ansehen!"
„Warum denn?", fragte Sabine belustigt und stellte sich vor ihn.
„Weil man was Schönes gern ansieht", erklärte Siegfried.
Sabine neigte den Kopf. „Danke schön", sagte sie und begann, Siegfrieds Halsmuskel zu bearbeiten. Es war eher ein Streicheln als eine Massage.
„Die Halsschlagader darf man nicht zu sehr stimulieren", erklärte sie dabei.
„Sie stimulieren alles gleichzeitig", bekannte Siegfried und sah ihr in die Augen. ‚Blaugrün', dachte er, ‚mit einem Stich ins Olive'.
„Dann möchten Sie weiterhin massiert werden?", fragte Sabine.
„Aber jeden Tag doch!", sagte Siegfried. „Wie oft hat denn der Bernd bestellt?"
„So oft Sie wollen. Er hat's davon abhängig gemacht, ob es Ihnen gefällt oder nicht."
„Gefällt?", schnaubte Siegfried. „Wenn eine Frau wie Sie einen massiert, gefällt das auch dem Papst, ob er will oder nicht."
Sabine lachte geschmeichelt.
„So leichtsinnig kenn ich den Bernd gar nicht", sagte

Siegfried, als Sabine weiter machte. „In Zukunft dreimal täglich Massage, für die nächsten zwanzig Jahre."
„Maximal einmal am Tag", sagte Sabine. „Sonst ist's nicht gesund."
„Pfeif auf gesund! Schön ist das! Hab mir nicht gedacht, dass das so wunderbar sein kann, wenn eine so schöne Frau einen so schön massiert." Dabei machten sich plötzlich seine Hände selbständig und bevor Siegfried noch bemerkte, was er tat, hatte er ihre Taille umfasst und zog sie zu sich heran. Im nächsten Moment hatten sich ihre Lippen gefunden.
Zur maßlosen Überraschung Siegfrieds kriegte er daraufhin keine Ohrfeige. Sabine stellte nur die Tätigkeit ihrer Hände ein. Aber sie wehrte sich nicht gegen Siegfrieds Zudringlichkeit, sondern es schien ihm, als ob Sabine ihrerseits Siegfried an sich drückte.
Der Kuss dauerte eine gute Minute lang. In dieser kurzen Zeit ging Siegfried einiges durch den Kopf, besonders Erinnerungen an die spärlichen Liebesszenen, die er erlebt hatte, bevor er seine spätere Frau kennen gelernt hatte. Aber das da war besser als die Küsse seiner Jugend!
Siegfried bemerkte, dass er die Kontrolle über sich verlor, aber das war ihm egal. Der Massagetisch stand im Schlafzimmer und das Bett war keine zwei Meter entfernt.
Als er die Frau in seinen Armen diese zwei Meter hinüber führte, zuckte ihm noch ganz kurz der Gedanke durch den Kopf, dass sein ehemaliger Mitarbeiter Bernd vielleicht gerade das im Sinn gehabt hatte, aber auch das war ihm höchst gleichgültig. Und dann lag Sabine vor ihm auf dem Bett und unterstützte tatkräftig Siegfrieds Bemühungen, die hinderlichen Textilien loszuwerden

Als zwanzig Minuten später Sabines Kopf auf Siegfrieds Schulter lag und er wieder halbwegs bei Sinnen war, wunderte er sich ehrlich, diesen unerwarteten und wunderbaren Rausch der letzten Minuten offenbar gesund überlebt zu haben.

2. Kapitel:

Siegfried überlebt einen Mordanschlag

Am Morgen kam Claudia ins Schlafzimmer und wunderte sich, Siegfried nicht bereits bei ihrem Eintreffen im Garten vorgefunden zu haben. Aber Siegfried war müde gewesen und hatte ausgezeichnet geschlafen, noch dazu mit einer wunderbaren Frau an seiner Seite. Deshalb war er heute ganz einfach noch nicht wach.
„Guten Morgen! Tagwache!“, rief Claudia, als sie bemerkte, dass Siegfried tatsächlich noch im Bett lag.
Siegfried rappelte sich hoch. „Guten Morgen, Sie Quälgeist“, sagte er.
Jetzt erst bemerkte Claudia, dass da noch jemand anwesend war. Da lag ja eine Frau neben Siegfried!
„Entschuldigung“, sagte sie. „Hab nicht gesehen, dass Sie nicht allein sind. Störe ich?“
„Wenn Sie nicht gleich das Frühstück bringen, stören Sie sehr“, sagte Siegfried ziemlich missmutig. „Wir hätten gern viel Kaffee, Semmeln, Butter, Marmelade, Wurst und Käse, Orangensaft und Eier.“
„Eier gibt's nicht“, sagte Claudia. „Zu viel Cholesterin. Butter gibt's auch nicht, nur Margarine.“
„Ich wünsche in Zukunft Eier zum Frühstück“, ordnete Siegfried an. „Ich selber mach mir eh nichts draus, aber Sabine will sicher welche.“
Sabine setzte sich jetzt auch auf und zog die Decke um ihren nackten Oberkörper. „Vergessen Sie die Eier“, sagte sie. „Ich will keine Umstände machen.“
„Du machst doch keine Umstände“, warf Siegfried ein. „Und ein anständiges Frühstück brauchst du. Wenn sie

mich schon verhungern lässt, weil das so gesund ist, gilt das noch lang nicht für dich!"
„Wird die Dame jetzt jeden Morgen da sein?", fragte Claudia indigniert.
„Das will ich doch stark hoffen!", meinte Siegfried glücklich lächelnd. „Darf ich übrigens vorstellen? Frau Sabine Schuster – Claudia, mein Hausdrache und Kindermädchen."
„Du hast ein Kind?", fragte Sabine überrascht.
„Ich selber bin das Kind", bekannte Siegfried. „Zumindest betrachtet mich die Claudia als solches."
„Ein ziemlich schwieriges Kind ist das", sagte Claudia. „Offenbar verhaltensgestört."
Siegfried lachte belustigt. „Weil ich Besuch habe? Wenn Sie eifersüchtig sind, Claudia, brauchen Sie's nur zu sagen, dann schmeiß ich Sie raus."
„Himmel, nein!", sagte Claudia und trat die Flucht an.
Siegfried beugte sich zu Sabine hinüber und gab ihr einen Kuss. „Guten Morgen, Schatz! Gut geschlafen?"
„Sehr gut", meinte Sabine. „Kein Wunder, nach dem Abend gestern."
„Das gestern war ein echtes Wunder", sagte Siegfried bewegt. „Ich hab gedacht, so was ist in meinem Alter vorüber – und auf einmal kommst du und alles ist ganz anders. Ich fühle mich um dreißig Jahre jünger!"
„Fein."
„Das ist schon mehr als nur fein", setzte Siegfried fort. „Schau einmal, ich bin über fünfzig, geschieden, hab keine Freundin und für mich ist die Liebe sozusagen gelaufen. Und dann kommt der Bernd, schickt mir eine Professionelle, die mich umbringen soll, an den Hals und auf einmal bin ich wieder jung. Verrückt!"

Sabine setzte sich jetzt ganz auf. „Was soll das heißen, jemand, der dich umbringen soll?“, fragte sie beunruhigt.
„Na, stimmt's nicht?“, stellte Siegfried die Gegenfrage. „Ist doch ganz logisch! Ich hab Probleme mit der Pumpe. Ich bin ein alter Depp, der den Bernd monatlich eine schöne Stange Geld kostet, solang's mich gibt. Na, schickt er dich los, damit ich einen Infarkt krieg und den Löffel abgebe!“
Sabine wusste nicht, was sie darauf sagen sollte, aber Siegfried wartete gar nicht auf eine Antwort, sondern setzte fort: „Und genau so möcht' ich abkratzen! Ist das nicht wunderbar?“
Sabine sagte immer noch nichts, aber Siegfried war auf einmal in Fahrt. „Ich hoffe, du kommst jetzt jeden Abend, bis ich ins Gras beiß'. Ein wundervoller Tod! Könnte gar nicht schöner sein! Komm, gib mir einen Kuss!“ Und er warf sich über Sabine.
Die befreite sich mühsam. „Ich glaub', du spinnst!“, sagte sie. „Der Rappold will nur dein Bestes. Sonst hätte er mich nicht engagiert!“
„Bist du Masseurin? Ich meine, hauptberuflich?“, fragte Siegfried.
„Na ja, ich hab eine Ausbildung dafür. Aber eigentlich arbeite ich für eine Agentur“, gestand Sabine.
„Aha“, sagte Siegfried. „Begleitagentur, nehme ich an. Heutzutage sagt man wohl ‚Escort Service' oder so. Ist mir völlig wurscht. Du bist eine wundervolle Frau und für wen du arbeitest, ist doch egal. Jeder muss seine Brötchen verdienen.“
„Als einfache Masseurin hätte ich viel weniger Einkommen“, sagte Sabine etwas verlegen.
„Du, ich bin viel glücklicher heute morgen, als die Polizei erlaubt“, meinte Siegfried. „Du bist du! Was

immer du auch warst bisher, Nutte oder Heilige! Du bist eine wunderbare, eine einmalige Frau, sonst nichts! Und ich bin dem Bernd ewig dankbar, dass er dich zu mir geschickt hat. Obwohl der Bernd ein ziemlicher Arsch ist!"
Siegfried legte sich nach diesem Bekenntnis wieder erschöpft ins Bett zurück. Aber Sabine beugte sich jetzt über ihn und gab ihm einen Kuss. Einen Kuss, der ein Versprechen in sich schloss. Und Siegfried verstand dieses Versprechen. Er zog Sabine zu sich hinab und hielt sie in seinen Armen fest. „Komm jeden Abend, ja?", flüsterte er. „Solang, bis ich ins Gras beiße! Dann ist dem Bernd geholfen und dir wahrscheinlich auch."
Einige Zeit lagen sie still nebeneinander und Siegfried streichelte sanft Sabines Gesicht, was sie anscheinend sehr genoss.
Dann betrat Claudia wieder das Schlafzimmer. Sie trug ein Tablett. „Ich hab doch noch zwei Eier gefunden", verkündete sie.
„Aha", sagte Siegfried. „Hätte mich auch gewundert. Wenn Sie mich schon verhungern lassen, werden Sie selber sich nicht auf Nulldiät setzen."
Mit einem besonders bösen Blick auf Siegfried stellte Claudia das Tablett auf seinen Nachttisch, zog es aber vor, nicht zu antworten. Sie sagte nur „Guten Appetit" und trat den Rückzug an.
Siegfried sah grimmig die geschlossene Schlafzimmertür an. „Im Herbst, wenn's einmal so richtig windig ist, hänge ich sie an eine Schnur und lasse sie steigen", sagte er. Dann machte er sich über das Frühstück her und bediente Sabine mit ausgesuchter Höflichkeit.
Als Sabine sich schließlich verabschiedete, ließ sie den Massagetisch zurück und versprach, am Abend wieder

zu kommen. Siegfried maulte ein bisschen, weil sie ihn allein ließ und ließ sich hoch und heilig versprechen, dass sie um spätestens neunzehn Uhr wieder erscheinen würde.
Als Sabine dann ihren weißen Mittelklassewagen heimwärts steuerte, dachte sie an die vergangene Nacht zurück und wusste nicht so recht, was sie von dem Auftrag, den sie übernommen hatte, halten sollte. Einerseits, immerhin war die Sache ja äußerst lukrativ. Andererseits, dieser Siegfried war ein verdammt netter Kerl…

Gegen vierzehn Uhr bog ein silbergrauer Sportwagen mit quietschenden Reifen auf das Firmengelände der KESS ein und hielt genau vor dem Hauptportal. Der Fahrer stieg aus und betrat fröhlich pfeifend das Gebäude. Der Empfangsdame nickte er nur kurz zu und wandte sich mit den Worten „Ich nehme an, der Chef ist zu Haus“ dem Aufzug zu.
„Moment!“, rief die Frau am Empfang. „Ich muss Sie anmelden!“
„Blödsinn“, sagte Siegfried. „Bernd wird's schon merken, dass ich da bin.“
Der Aufzug war im Erdgeschoß und die Tür öffnete sich sofort. Also fuhr Siegfried in den zweiten Stock. An der Tür zu Bernd Rappolds Büro klopfte Siegfried gar nicht, sondern trat gleich ein. „Pech gehabt, alter Freund“; sagte er zu Bernd. „Ich hab noch nicht ins Gras gebissen.“
„Siegfried!“, begrüßte Bernd ihn, der soeben Buchhaltungsunterlagen durchsah. „Was führt dich zu mir?“
„Ich wollt' dir zeigen, dass ich noch da bin“, sagte

Siegfried. „Aber die Sabine ist nicht dran schuld! Die hat ihr Bestes gegeben."
„Welche Sabine?", fragte Bernd.
„Diese Superfrau, die du angeheuert hast, damit ich mich zu meinen Ahnen geselle", erklärte Siegfried. „Du hast ihr doch den Auftrag gegeben, mir Massagen zu verpassen in der Hoffnung, dass ich die Folgen nicht überleben werde. Wahrscheinlich geht deine Kalkulation eh noch auf, denn die Dame lass ich nicht mehr los und früher oder später schafft sie's. Ist mir aber scheißegal. Ich bin nur da, um dir meinen Dank auszudrücken!"
„Spinnst du?", fragte Bernd, der nicht recht wusste, wie er sich verhalten sollte.
„Wenn du fragst, ob ich übergeschnappt bin, so ist die Antwort ein eindeutiges ‚Ja'. Ich hab mich seit zwanzig Jahren nicht mehr so wohl gefühlt, wie heut. Wohl gefühlt zum Überschnappen!"
„Was hat das mit mir zu tun?", warf Bernd ein.
„Sabine hat zugegeben, dass du sie beauftragt hast. Sie glaubt, zu meinem Wohl, ich glaub zu deinem eigenen Wohl. Du willst natürlich, dass ich die Patschen streck', damit du mir die Leibrente nicht mehr zahlen musst. Aber das ist mir, wie gesagt, scheißegal. Warum du sie mir geschickt hast, ist unwichtig. Wichtig ist nur, dass du sie mir geschickt hast! Du kannst dir gar nicht vorstellen, was das für eine Frau ist! Sensationell!"
„Na schön", unterbrach Bernd, „Ich hab sie dir geschickt. Was willst du jetzt?"
„Dir danken", sagte Siegfried. „Und dich um Auskünfte bitten: Was weißt du von der Frau?"
„So gut wie nichts", gestand Bernd. „Sie ist mir empfohlen worden als ausgezeichnete Masseuse und ich hab mir gedacht, ich schicke sie dir, damit du dich

dankbar zeigst und deine Leibrente reduzierst."
„Kommt nicht in Frage. Du zahlst schön weiter", sagte Siegfried. „Dankbar bin ich dir trotzdem. Aber ich will mehr über Sabine wissen!"
„Tut mir Leid, ich kenn sie nicht!", beteuerte Bernd.
„Alles muss man selber machen, in diesem Scheißladen!", schimpfte Siegfried. „Na macht nix. Vielleicht ganz reizvoll, selber was herauszufinden. Wie lang läuft ihr Auftrag? Bis ich abkratze?"
„Rede doch nicht so blöd", protestierte Bernd. „Ihr Auftrag läuft bis auf weiteres. Wenn du die Leibrente reduzierst, kann das sogar eine Dauereinrichtung werden."
„Auf deine Kosten?"
„Natürlich. Kommt auf dich an!"
„So billig ist die? Mach dich nicht lächerlich, Bernd!"
„Na schön", sagte Bernd. „Dann formulieren wir's anders herum: Reduziere die Leibrente, oder ich storniere den Auftrag und mit den Massagen ist's Essig!"
„Scheiß auf die Massagen", meinte Siegfried. „Mir geht's um die Frau. Und die kannst du ruhig rausschmeißen, dann stell ich sie an und schmeiß dafür die Claudia raus. Solang du weiter zahlst, kann ich mir das leisten. Also, zahl schön!"
Siegfried stand noch immer an der Einganstür zu Bernds Büro. Jetzt drehte er sich um und öffnete die Tür wieder.
„Halt, Siegfried!", rief Bernd. „Lass uns drüber reden!"
„Rede nicht, zahl!", sagte Siegfried, verließ das Chefzimmer und warf die Tür zu. Bernd stand wütend von seinem Drehsessel auf, trat nach dem Bein des Schreibtisches, tat sich an der Zehe weh und setzte sich wieder.

„Wenn der nicht bald abkratzt, bring ich ihn eigenhändig um", sagte er leise.

Als Siegfried am Nachmittag die beiden Flaschen Champagner ins Haus schmuggeln wollte, die er sich unterwegs nebst einigen anderen Dingen besorgt hatte, wurde er von Claudia dabei erwischt.

„Aha", sagte sie vorwurfsvoll. „Vorbereitungen für die Orgie heut Abend. Ich tu da mein Möglichstes, damit das Cholesterin im Rahmen bleibt und der Herr pfeift mir was! Frisst und sauft wie ein Firmling und dann wundert er sich, wenn der Arzt die Blutprobe als ‚rotes Fett mit ein paar Blutkörperchen drin' bezeichnet."

„Regen Sie sich nicht auf", beschwichtigte Siegfried. „Sie werden ja einem armen, kranken Greis, der bald den letzten Schnaufer machen wird, noch einen guten Schluck gönnen."

„Letzter Schnaufer stimmt", meinte Claudia. „Weil's der Herr ja geradezu drauf anlegt! So schön sind die Erdäpfel von unten gesehen auch wieder nicht! Aber Sie werden schon wissen, was Sie tun. An Ihrer Stelle würde ich Ihre neue Freundin rausschmeißen."

„Was haben Sie gegen die Sabine?", wollte Siegfried wissen.

„Das ist doch eine Erbschleicherin! Jetzt macht sie Ihnen schöne Augen und dann möchte sie, dass Sie das Testament zu ihren Gunsten ändern. Solche Leute kennt man ja."

„Schließen Sie da nicht von sich selber auf andere?", fragte Siegfried boshaft.

Natürlich war Claudia beleidigt. Sie holte tief Luft und ließ eine Predigt vom Stapel, die es verdienen würde, in die Weltliteratur einzugehen. Nach fünf Minuten entschuldigte sich Siegfried für seine vorlaute Bemerkung, nach zehn Minuten bat er inständig um Verzeihung und nach zwanzig Minuten flüchtete er ins Schlafzimmer und zog sich die Bettdecke über den Kopf.

Claudia war immer noch böse auf ihn, als sie um siebzehn Uhr das Haus verließ. Ihr Abschied fiel reichlich kühl aus. „Rufen Sie mich zu Haus an, wenn Sie morgen früh schon tot sein sollten", sagte sie. „Dann brauch ich nicht mehr kommen."

„Aber Claudia, Sie wissen doch, dass ich Sie brauche wie den Gin zum Martini!", behauptete Siegfried in der Hoffnung, seinen Drachen wieder einigermaßen versöhnen zu können. Aber es nützte nicht viel. „Sie haben ja Ihre neue Freundin", meinte Claudia. „Die kann Ihnen doch auch die Augen zudrücken und die Bestattung anrufen." Damit rauschte sie ab.

Siegfried wartete noch, bis Claudias kleines Auto am Zaun vorüber gefahren war, dann begann er, am Schwimmbecken den Tisch zu decken. Es war eine beachtliche Menge von Delikatessen, die er aus dem Kofferraum seines Sportwagens holte. Im Supermarkt hatte er eigens eine Kühltasche dafür gekauft, weil er wusste, dass es unmöglich sein würde, die guten Dinge an Claudia vorüber zu schmuggeln.

Kurz vor achtzehn Uhr sah Siegfried durch das Gebüsch am Zaun Sabines weißes Auto. Noch während sie einparkte, ging Siegfried schon zum Gartentor, um das Empfangskomitee zu bilden.

Sabine trug diesmal gelbe Shorts und eine dazu passende Bluse mit großzügigem Ausschnitt. ‚Wie aus dem Modejournal sieht sie aus', dachte Siegfried und konnte sich kaum satt sehen, als sie von ihrem Wagen zum Gartentor kam. Dort begrüßte er sie mit einem intensiven Willkommenskuss und freute sich, als er aus den Augenwinkeln sah, dass Direktor Kinsky, sein Nachbar, mit dem Mercedes vorüber fuhr und kurz abbremste, um sich die Szene an Siegfrieds Gartentor anzusehen.

Dann geleitete er Sabine zum Schwimmbecken, bat sie, Platz zu nehmen und ging den Champagner aus dem Kühlschrank holen.

„Siegfried, was hast du denn da alles aufgetischt!", rief ihm Sabine entgegen, als er mit dem Sektkübel aus dem Haus kam. „Ich muss doch auf meine Figur achten!"

„Du hast ja eh eine Figur wie ein Filmstar", sagte Siegfried und löste das Drahtgeflecht der ersten Champagnerflasche.

„Na, eben weil ich drauf aufpasse!", meinte Sabine.

„Pass an einem anderen Tag drauf auf. Jetzt nehmen wir einmal en langes, schönes, gemütliches Dinner. Ich möchte nämlich wissen, wie lang ich's aushalte, ohne zudringlich zu werden. Du schaust übrigens wieder hinreißend aus!"

„Danke schön!"

„Bitte. War kein Kompliment, sondern nur die ganz nüchterne Feststellung, dass ich's wahrscheinlich nicht lang aushalten werde, dich nur anzusehen."

„Macht nichts", sagte Sabinc. „Ich darf eh nicht so viel essen..."

Siegfried füllte die Champagnergläser und sie stießen an. Dann rückten sie dem Kaviar zu Leibe.

„Ich muss dir was zeigen", sagte Siegfried plötzlich und griff nach einem kleinen Kästchen, das neben dem Tisch auf dem Boden lag. „Meine neueste Erfindung."

Er legte einen Schalter um und drückte ein paar Knöpfe auf dem Kästchen, woraufhin sich ein im Schwimmbecken befindliches Modellboot in Bewegung setzte und Kreise und Achter auf dem Wasser beschrieb.
„Macht das Ding alles automatisch“, erklärte Siegfried. „Und jetzt kommt der Raketenangriff!“
Als das Boot die kleine Magnesiumpartyrakete auf die Stehleiter neben dem Schwimmbecken feuerte, erschrak Sabine fürchterlich. Ganz bleich im Gesicht schaute sie schockiert den lachenden Siegfried und die brennende Zielscheibe an der Doppelleiter an. Siegfried bemerkte ihren verstörten Gesichtsausdruck und beeilte sich, sie zu beruhigen. „Ich wollt' dich nicht erschrecken“, sagte er. „Ist nur ein kleines, blödes Spielzeug. Aber wer weiß, wie man diese Sensoren noch verwenden könnte.“
„Beschäftigst du dich mit Waffen?“, fragte Sabine mit einem leichten Zittern in der Stimme.
„Aber nein! Mit Industrierobotern. Automaten zur Erzeugung von allem möglichen Kram. Die Industrie möchte Arbeitskräfte sparen heutzutage. Na, und ich hab solche Maschinen entwickelt, die schon beinahe selber denken können. Aber nur beinahe! Ist alles nur eine Sache von Schaltkreisen und Rückmeldungen.“
Daraufhin berichtete Siegfried einige Einzelheiten aus seiner beruflichen Tätigkeit, in der Hoffnung, dass auch Sabine etwas über sich erzählen würde. Aber leider erzählte Sabine über sich selbst so gut wie nichts. Siegfried musste seine Neugier weiterhin bezähmen.
Als es begann, dämmrig zu werden, bestand Sabine darauf, Siegfried seine Massage zu verabreichen. Sie hätte immerhin einen Auftrag zu erfüllen.
Gehorsam wie ein braver Grundschüler folgte Siegfried seiner Masseuse mit dem Steuerkästchen für das

Bootsmodell in der Hand ins Schlafzimmer und legte sich auf den Massagetisch. Etwa fünfzehn Minuten hielt er es dort aus, dann unterbrach er die Behandlung und ergriff selber die Initiative. Als er dann schließlich völlig erschöpft neben Sabine im Bett lag, war es mittlerweile völlig dunkel geworden.
Und draußen, am Schwimmbecken, schlich jemand leise und mit sehr bösen Absichten durch den Garten.

Matthias war noch keine fünfundzwanzig und ein agiler Bursche, so dass es ihm keine Probleme bereitete, über den Gartenzaun zu kommen. Als eifriger Konsument amerikanischer Fernsehserien wusste er, dass der Held aktiv und dynamisch sein musste. Und als Held fühlte er sich durchaus, war er doch dazu ausersehen, seinen Vater, an den er sich übrigens kaum erinnern konnte, zu eliminieren.
Sein Vater verdiente es nicht anders. Vor neunzehn Jahren hatte er seine Mami verlassen, nein, er hatte sie sogar aus dem gemeinsamen Haus geschmissen, nur weil es der Mami seelisch schlecht ging und sie Trost brauchte. Das hatte zwar Mami nicht allzu viel ausgemacht, aber der Gartenarchitekt, der damals ihr Liebhaber war, war verheiratet und dachte nicht daran, sich wegen Mami scheiden zu lassen.
Jetzt saß Mami ein bisschen in der Tinte. Sie war nach der Scheidung mit Matthias nach Spanien gezogen, hatte an der Costa Brava eine Pension aufgemacht, die allerdings zu klein war, um mit Reisebüros Geschäfte zu machen und sich deshalb auf nationale Kunden spezialisiert hatte. Hauptsächlich auf Kunden, die ein Interesse daran hatten, den Behörden aus dem Weg zu gehen.

Matthias hatte deshalb schon früh eine ganz eigene Version dessen entwickelt, was man allgemein als „Ethik" bezeichnet. Gut waren die Pensionsgäste, die zahlten, schlecht jene, die schuldig blieben, und ganz schlecht die, die mitunter sogar von der Polizei abgeholt wurden und unter Hinterlassung ihrer Verbindlichkeiten hinter Gitter wanderten.

Und grundschlecht war natürlich sein Vater. Ohne dessen Herzlosigkeit, die Mami einfach rauszuschmeißen, wäre alles anders gekommen. Jetzt, wo Mami wieder einmal dringend eine kräftige Finanzspritze brauchte, wäre es höchst willkommen, wenn es seinen Vater nicht mehr gäbe. Denn erstens war Mamis Wissen nach weder ein Testament noch andere nahe Angehörige als Siegfried Kratkys Sohn vorhanden und zweitens gab es eine Polizze auf Erleben und Ableben, abgeschlossen vor beinahe zwanzig Jahren, von der Mami noch ein Original besaß. Mami war sicher, mit diesem Dokument etwas zu erreichen, es lag nur an Matthias, seinen Vater dazu zu veranlassen, möglichst umgehend seinen Abgang zu machen.

Natürlich dachte Matthias nicht an seine traurige Geschichte, als er bei bereits eingetretener Dunkelheit über den Zaun kletterte. Siegfried Kratkys Grundstück lag in einer äußerst ruhigen Wohngegend, kein Mensch war auf der Straße.

Dann schlich er leise ums Haus. Alles finster. Sein Vater würde doch nicht einer von jenen Spießern sein, die mit den Hühnern zu Bett gingen! War er ausgegangen? Wahrscheinlich.

Matthias beschloss, sich im Gebüsch am Schwimmbecken einen Beobachtungsposten einzurichten und seinen Vater, sobald er das Grundstück betreten würde, eine blaue Bohne aus der neu erworbenen „Glock"

zwischen die Rippen zu befördern, anschließend sofort sich der Waffe zu entledigen und den Rückzug in seine eigene Pension anzutreten.
Allerdings entwickelten sich die Dinge dann anders.
Als es völlig dunkel geworden war und Mathias in seinem Versteck im Gebüsch beinahe eingeschlafen wäre, flammte plötzlich im ersten Stock des Hauses ein Licht auf. Matthias bemerkte es zwar, konnte aber aus seinem Winkel so dicht am Boden nicht in das Zimmer sehen, das so unerwartet beleuchtet wurde.
Matthias machte sich deshalb leise auf den Weg, einen anderen, besser geeigneten Beobachtungsposten zu finden.
Am Schwimmbecken stand eine Doppelleiter. Matthias hatte zwar keine Ahnung, weshalb das Ding da stand, aber er stieg hinauf. Von dort oben musste man besser ins Fenster hinein sehen können.
Man konnte tatsächlich. Allerdings war es eine riskante Angelegenheit, so weit oben auf einer wackligen Doppelleiter zu stehen und in das Zimmer zu linsen. Matthias kam sich vor wie ein Seiltänzer.
Was er sah, erschütterte ihn aufs höchste. Da lag ein Mann im Bett, offenbar sein Vater, und daneben lag eine Frau. Also, das war ja der Gipfel! Selbst neunzehn Jahre nach seiner Scheidung betrog dieses Schwein die Mami noch!
Der Schuss war zwar schwierig, aber Matthias traute sich das Kunststück zu, aus zwanzig, dreißig Metern Entfernung freihändig auf einer frei stehenden Doppelleiter balancierend einen tödlichen Treffer anzubringen. Er hob die Pistole und zielte genau.

Als Siegfried das Licht anmachte, hatte er eigentlich nur im Sinn, sich noch etwas Champagner zu holen. Sabine lag schnurrend wie ein kleines Kätzchen neben ihm und er fühlte sich so gut, wie schon lange nicht. Na ja, nicht ganz, denn gestern hatte er sich auch so gut gefühlt.

Siegfried angelte nach seiner Unterhose und stand auf, um den Champagner zu holen.

Da fiel ein Schuss.

Siegfried spürte die Luft, die das Geschoß verdrängte, als es knapp vor im vorüber ging und das Steuerungskästchen des Schiffsmodells traf, das auf seinem Nachttisch lag.

Siegfried löschte das Licht und ließ sich aufs Bett zurückfallen. Da war er halbwegs in Deckung.

Sabine, die bereits geschlafen haben mochte, quietschte auf. „Siegfried! Was war das? Deine Rakete?"

„Nein. Die ist abgeschaltet", sagte Siegfried. „Bleib liegen, bitte! Damit er dich nicht trifft!"

Und während Sabine erschrocken liegen blieb, spielte sich im Inneren des durch die Kugel zerstörten Steuergerätes einiges an Prozessen ab. Mathematische Algorithmen in die gängige Sprache zu übersetzen, ist nicht leicht. Es sei aber hier trotzdem versucht:

In dem getroffenen Schaltgerät hatte die Kugel aus der „Glock" einiges durcheinander gebracht. Ein paar Drähte berührten die gedruckte Schaltung dort, wo sie nicht hingehörten Einige andere Drähte verursachten Kurzschlüsse, wo sie partout fehl am Platz waren. Der Schaltkreis wurde eingeschaltet und fragte die Sensoren ab.

Der optische Sensor meldete: „Kein Ziel erkennbar."

Der Infrarotsensor meldete: „Ziel erfasst." Es war Matthias' Allerwertester auf der Leiter.

Da gab der Schaltkreis, dessen Transistoren nicht mehr ganz kooperierten und dessen Sicherheitsschaltung kaputt war, den Befehl: „Feuer frei“.
Die Magnesiumrakete wurde abgeschossen und traf Matthias an genau der Stelle, die der Infrarotsensor als Ziel auserkoren hatte.
Matthias' Hose fing sofort Feuer, als die Magnesiumrakete einschlug. Es ist keine sehr angenehme Situation, wenn man freihändig ganz oben auf einer Doppelleiter balancierend plötzlich bemerkt, dass die Hose brennt. Zum Glück stand die Leiter unmittelbar neben dem Schwimmbecken.
Matthias sprang in Panik ins Wasser – und das war eine weise Entscheidung, denn sein Hosenboden wurde augenblicklich gelöscht. Allerdings verlor Matthias bei dieser Aktion seine Pistole.
Und während er in höchster Eile patschnass aus dem Schwimmbecken krabbelte, stand Siegfried, den der Abschuss seiner Rakete aus dem Bett getrieben hatte, in der Dunkelheit am Fenster seines Schlafzimmers, beobachtete die ganze Sache und, obwohl ihm der Schock des Schusses noch in den Knochen steckte, musste er herzlich lachen.

„Mami, hat nicht ganz geklappt“, sagte Matthias noch am selben Abend, als er seine Mutter anrief. „Papa hat sein Grundstück mit Fallen gespickt. Heute hätte mich fast so eine Art Flammenwerfer erledigt. Aber ich bin ins Schwimmbecken gesprungen, drum ist mir nicht viel passiert.“
Offenbar hatte seine Mutter eine ganze Menge Anweisungen für ihn, denn einige Minuten hörte Mat-

thias stumm zu. Es gibt sicher einiges zu beachten an Anstandsregeln, wenn jemand den eigenen Vater erledigen soll. Immerhin ist man dem Papa ja eine gewisse Höflichkeit schuldig, auch wenn das persönliche Verhältnis nicht ganz zufrieden stellend sein sollte.
Jedenfalls bestätigte Matthias die Verhaltensregeln seiner Mutter mit mehrfachem „Ja, Mami." Dann gestand er, sich eine neue Waffe besorgen zu müssen und versprach, sich umgehend zu melden, sobald Herr Ingenieur Siegfried Kratky den letzten Schnaufer gemacht hätte.
Bevor Matthias zu Bett ging, schmierte er noch in Ermangelung von Brandsalbe eine billige Hautcreme auf gewisse empfindliche und durch die Hitzeentwicklung leicht beleidigte Körperteile.

3. Kapitel:

Jerry erscheint auf der Bildfläche und Siegfried hat nochmals Glück

Am nächsten Morgen, als Claudia das Haus betrat, war von Siegfried natürlich wieder keine Spur zu sehen. Claudia sah im Schlafzimmer nach und öffnete leise die Tür. Da lagen ihr Arbeitgeber und die Erbschleicherin eng umschlungen im Bett und schlummerten friedlich. Claudia schloss die Tür wieder ganz leise und ging in die Küche, um das bei ihr am Vortag in Auftrag gegeben Frühstück zu machen, wobei sie überlegte, wo sie demnächst Gift für dieses schwarzhaarige Luder Sabine herbekommen könnte.
Als Claudia das Frühstück brachte, öffnete sie die Tür mit mehr Geräusch. „Frühstück!", rief sie ins Zimmer.
Siegfried brummte nur und drehte sich um, aber Sabine war sofort hellwach. „Danke schön", sagte sie. „Stellen Sie's nur da her."
Claudias Blick fiel auf das zerstörte Steuergerät für Siegfrieds Bootsmodell, das neben dem Bett auf dem Boden lag und sie bückte sich danach, nachdem sie das Tablett auf den Nachttisch gestellt hatte. Siegfried rappelte sich eben hoch und gähnte herzerfrischend.
„Das kann ich ja sicher wegschmeißen", bemerkte Claudia.
„Nein. Lassen Sie's. Da steckt noch die Kugel drin", sagte Siegfried gähnend.
„Welche Kugel?"
„Die, mit der man gestern auf mich geschossen hat", erklärte Siegfried.

„Um Himmels Willen! Wer?“
„Hat sich nicht vorgestellt“, berichtete Siegfried. „Und in der Dunkelheit hab ich kaum was erkennen können. Erst, als seine Hose gebrannt hat, hab ich gesehen, dass es ein Mann war. Aber Einzelheiten waren nicht auszumachen.“
„Sie müssen sofort die Polizei holen!“, verlangte Claudia.
„Seien Sie nicht so naiv“, meinte Siegfried. „Was sollen die Brüder schon tun?“
„Spuren sichern“, sagte Claudia. „Und für Sie einen Personenschutz organisieren, natürlich!“
„Das trauen Sie der Polizei zu?“, fragte Siegfried spöttisch. „Da hab ich eine bessere Idee. Ich werde das Grundstück elektronisch sichern. Mit meinen Sensoren.“
„Das können Sie zusätzlich tun. Aber ich besteh drauf, dass Sie die Polizei verständigen“, sagte Claudia mit Bestimmtheit.
„Ist doch Blödsinn“, widersprach Siegfried. „Die Burschen müssen Parksünder jagen.“
„Dann einen Privatdetektiv“, beharrte Claudia.
„Kostet doch ein Vermögen“, sagte Siegfried.
„Das werden Sie sich doch noch leisten können! Ich such mir einen Privatdetektiv aus'm Telefonbuch.“ Damit verschwand Claudia und überließ Sabine und Siegfried ihrem Frühstück.
„Deine Haushälterin hat Recht“, sagte Sabine, während sie Margarine auf eine Semmel für Siegfried strich. „Immerhin könnte der Schütze es nochmals versuchen. Hast du eine Ahnung, wer dir an den Kragen will?“
„Bernd“, stellte Siegfried fest. „Immerhin hat er ja auch dich hergeschickt. Vielleicht hat er nicht viel Vertrauen in deine Methode.“

„Das ist doch Unsinn", behauptete Sabine. „Hast du dein Herz gespürt bisher?"
„Nein. Ist ganz brav und gibt Ruh."
„Na siehst du! Wir dürfen es nur nicht übertreiben, dann ist keine Gefahr dabei."
„Vielleicht denkt der Bernd jetzt auch so", vermutete Siegfried. „Auf alle Fälle ist eine Kugel sicherer als ein Infarkt. Ich werd' heut den Bernd besuchen, er soll mir seinen Arsch zeigen, ob Brandblasen drauf sind. Und meine Sensoren installiere ich auch. Heut Abend steigt unser Freund auf die Seife, wenn er wieder kommt! "
„Du willst ihn doch nicht selber schnappen?"
„Klar! Wenn ich weiß, wo er sich aufhält, kriegt er eine über die Rübe. Und meine Sensoren werden mir schon sagen, wo ich ihn erwische."
„Sei bitte vorsichtig, Siegfried", bat Sabine. „Lass das doch wirklich einen Privatdetektiv machen."
„Na, soll die Claudia halt einen beauftragen, wenn's dich beruhigt. Sonst hast du vielleicht Angst, der Kerl könnte daneben schießen und dich treffen. Und ich will nicht auf dich verzichten. Du musst am Abend wieder kommen, ja?"
„Ich lass dich nicht im Stich", sagte Sabine einfach. „Abends bin ich wieder da." Und diese Ankündigung trug ihr einen überaus zärtlichen, dankbaren Kuss von Siegfried ein.
Nachdem Sabine dann weg gefahren war, beschloss Siegfried, zuerst Bernd aufzusuchen, bevor er sich an die Installation seines Alarmsystems machen würde. Er holte seinen Sportwagen aus der Garage und brauste los.
„Hose runter!", kommandierte er, als er Bernds Büro betrat. Natürlich wieder unangemeldet.
„Spinnst du?", fragte Bernd entrüstet.

„Hose runter!“, wiederholte Siegfried. „Ich möcht kontrollieren, ob du Brandblasen am Arsch hast!“
„Sag einmal, geht's dir noch gut?“, wollte Bernd wissen.
„Ich will nur wissen, ob das du warst, der gestern auf mich g'schossen hat“, sagte Siegfried. „Ich hab dem Schützen nämlich die Hose angezündet mit meiner Silvesterrakete.“
„Warum sollt ich auf dich schießen?“, fragte Bernd, aber er stand von seinem Drehsessel auf und löste tatsächlich den Gürtel seiner Hose.
„Toten braucht man keine Leibrente zahlen“, sagte Siegfried und ging um Bernds Schreibtisch herum, um sich dessen nackten Hintern zu betrachten.
„Hast irgendwelche Feinde?“, wollte Bernd wissen, als er die Hose hinunterließ und seinen Arsch Siegfried zuwandte.
„Ja. Dich, du Geizhals“, meinte Siegfried und begutachtete Bernds Hintern. „Na, du warst es nicht. Hast wen andern schießen lassen. Einen aus der Firma?“
„Du hast ja einen Dachschaden“, behauptete Bernd und brachte seine Kleidung wieder in Ordnung. „Willst du einen Schnaps?“, fragte er dann und nahm eine Flasche und zwei Schnapsgläser aus dem Schreibtisch.
„Na ja, da im Büro wirst mich ja kaum vergiften“, sagte Siegfried.
Bernd goss den Schnaps ein. „Wie kommst du eigentlich auf den Blödsinn, dass ich dir an den Kragen will?“, fragte er.
„Liegt doch auf der Hand“, sagte Siegfried. „Du hast mir die Sabine geschickt und ich leb' immer noch. Die Nummern mit der Frau tun mir offenbar gut. Hab nicht gedacht, dass so was in meinem Alter noch so

großartig sein kann. Also ist der Versuch in die Hose gegangen und du musst sehen, wie du mich anders abmurksen kannst."

„Blödsinn! Gibt's niemand anderen, der ein Interesse an deinem Ableben haben könnte? Die Exfrau vielleicht?"

„Von der hab ich seit neunzehn Jahren nix mehr gehört", sagte Siegfried. „Der müsste doch klar sein, dass sie nix erben kann."

„Hast ein Testament?"

„Nein. Wozu? Ist mir total wurscht, wer wie viel kriegt."

„Dann wird dein Sohn erben."

Siegfried zuckte die Schultern. „Von mir aus. Hat's zwar nicht der Mühe wert gefunden, sich in neunzehn Jahren ein einziges Mal bei mir zu melden, aber immerhin ist er mein Sohn."

„Na, vielleicht will er jetzt schon erben", vermutete Bernd.

„Na, dann wird er Bekanntschaft mit meinen Sensoren machen." Siegfried roch an seinem Schnaps. „Riecht nicht nach Mandeln, also zumindest kein Zyankali", stellte er fest. „Prost, Alter!"

„Prost!" Die beiden Herren jagten den Zwetschkenbrand durch die Gurgeln.

„Weißt schon mehr über die Sabine?", fragte Siegfried und stellte das Schnapsglas auf den Schreibtisch. „Mir hat sie nicht viel erzählt."

„Die Frau ist mir egal. Ich hab sie dir geschickt, und das war's", sagte Bernd. „Hat du über die Leibrente nachgedacht?"

„Zahl schön weiter", sagte Siegfried. „Vertrag ist Vertrag. So, ich muss zurück, die Sensoren installieren. Wollt mir nur schnell deinen Arsch ansehen."

„Wiedersehen, du gieriger Hund! Ich halt dem, der dir an die Gurgel will, die Daumen."
„Wiedersehen, alter Geizkragen! Und denk dran: Zahlen macht Frieden."

Als Siegfried seinen Sportwagen vor der Grundstückseinfahrt anhielt, sah er einen sehr jungen Mann mit Dreiviertelhose, Baseballkappe und Sonnenbrillen, der den Abstand eines alten Golf von der Straßenecke mit Schritten abmaß. Siegfried wunderte sich ein bisschen, was der Bursche da tat, kümmerte sich aber nicht um ihn, sondern fuhr sein Auto in die Garage.
Als er das Garagentor schloss, betrat der junge Mann gerade das Grundstück und Claudia stand vor dem Haus, offenbar auf den jungen Mann wartend. Siegfried kam gerade dazu, wie der junge Mann sich vorstellte: „Jerry von der Detektei Braun und Partner. Sie haben Personenschutz bestellt."
„Jawohl", sagte Claudia. „Und da kommt grad die Person, die Sie schützen sollen: Ingenieur Siegfried Kratky. Man hat heut Nacht auf ihn geschossen."
„Was haben Sie denn da vorn an der Ecke gemacht?", fragte Siegfried und streckte Jerry die Hand entgegen.
„Den Abstand gemessen", sagte der Detektiv. „Ob der Wagen korrekt geparkt ist." Dabei schüttelte er Siegfried die Hand. „Wissen Sie, wenn man auf der Seite der Guten ist, muss man alle Gesetze und Vorschriften beachten. Und wir von Braun und Partner sind immer auf der guten Seite!"
„Aha", sagte Siegfried. „Wenn Sie also einen Gangster verfolgen, halten Sie sich ans Tempolimit?"
„Selbstverständlich", meinte Jerry. „Es sei denn, ich

hab das Blaulicht eingeschaltet."
„Sie haben Blaulicht?", freute sich Siegfried.
„Nein. Da müsste man bestimmte Voraussetzungen erfüllen. Darf ich Ihnen ein paar Fragen stellen?"
Siegfried war amüsiert. Na, da hatte die Claudia ja einen erstklassigen Leibwächter engagiert! Von Schutz konnte da wohl keine Rede sein. Aber möglicherweise wirkte die Anwesenheit des jungen Mannes beruhigend auf Sabine.
Jerry erkundigte sich genau nach dem Vorfall der letzten Nacht und kündigte an, die kommende Nacht auf dem Birnbaum direkt am Schwimmbecken verbringen zu wollen. Von dort hätte man das gesamte Grundstück im Blickfeld. Er wollte ein paar Bretter über eine Astgabel legen und es sich darauf gemütlich machen.
Siegfried gab dem Detektiv genau Auskunft und fragte dann, wie er zu dem Namen „Jerry" gekommen wäre. Das wäre ein Deckname, meinte Jerry. Nach Jerry Cotton, der so was wie ein Vorbild für ihn wäre, was Siegfried natürlich ungemein beeindruckte.
Den Nachmittag über arbeitete er angestrengt an der neuen Alarmanlage, die das Grundstück sichern sollte. Den gesamten Zaun entlang verteilte er seine Sensoren und verlegte Drähte. Unterbrochen wurde er nur, als Jerry auf seinem Rundgang plötzlich im Wasser des Schwimmbeckens die Pistole entdeckte, die Matthias gestern bei seinem Sprung ins Becken verloren hatte. Jerry versuchte, die Waffe mit einem Rechen, den er hinter dem Haus gefunden hatte, herauszufischen und fiel dabei ins Wasser.
Siegfried hörte das Aufplatschen und kam aus dem Gebüsch gekrochen, in dem er gerade zwei Drähte verbunden hatte. Als er den Jerry voll bekleidet im Be-

cken schwimmen sah, meinte er: „Ich hätte Ihnen eine Badehose gegeben, wenn Sie schwimmen wollen."
„Ich wollt nur die Pistole rausfischen", sagte Jerry und spuckte Wasser. Dann tauchte er unter und erschien nach wenigen Sekunden mit der Pistole wieder an der Oberfläche. „Die bringe ich gleich ins Labor", verkündete er.
„An Ihrer Stelle würde ich mich vorher umziehen", riet Siegfried. „Kommen Sie mit, ich gebe Ihnen was."
Zehn Minuten später war Jerry wieder halbwegs salonfähig. Die Shorts und das T-Shirt von Siegfried waren ihm zwar ein wenig zu weit, aber Jerry war das egal. Er wollte dringend die Waffe zur Untersuchung bringen.
Siegfried begleitete den jungen Mann zum Auto, weil er noch Instruktionen für die kommende Nacht geben wollte. Insbesondere sollte Jerry dem Zaun und den dort befindlichen Sensoren nicht zu nahe kommen. Jerry versprach, vorsichtig zu sein.
Und dann bekam Siegfried wieder eine Demonstration von Jerrys unglaublicher, total verrückter Gesetzestreue. Der junge Mann bat ihn nämlich, ihm behilflich zu sein, seine Fahrzeugbeleuchtung zu kontrollieren.
„Wenn niemand da ist, den ich um Hilfe bitten kann, mach ich das mit einem Spiegel", erklärte Jerry.
„Sie wollen allen Ernstes behaupten, Sie kontrollieren jedes Mal Bremslicht und Blinker?", fragte Siegfried ungläubig.
„Sicher! Ist laut Straßenverkehrsordnung Vorschrift."
„Doch nicht, wenn Sie jemanden verfolgen müssen!"
„Doch. Vorschrift ist Vorschrift."
„Aber dann ist der Andere doch weg!"
„Der muss ja auch seine Beleuchtung kontrollieren",

meinte Jerry. „Da geht so gut wie keine Zeit verloren.“
„Und wenn er's nicht tut?“
Jerry grinste wie jemand, der es besser weiß. „Dann macht er sich strafbar“, sagte er, stieg ein und fuhr weg.

Zur gleichen Zeit, als Jerry mit Tempo fünfzig zum Büro der Detektei Braun und Partner fuhr, saß Sabine im Büro des Bernd Rappold, der sie zu einer Besprechung gebeten hatte.
„Wenn ihn tatsächlich jemand anderer abknallt, kriegen Sie natürlich nichts“, sagte Bernd soeben. „Ich zahle für einen natürlichen, plötzlichen, tragischen Herztod, nicht dafür, dass ihn irgendein Unbekannter umpustet!“
„Sie wollen also von mir, dass ich den Unbekannten dran hindere?“
„Das ist mir egal“, sagte Bernd. „Mir wär's lieber, der Unbekannte tut's. Da spar ich mir einen ganzen Haufen Geld. Ich wollte das nur von vornherein klarstellen.“
„Das heißt also, Sie machen eine Rückzieher“, sagte Sabine enttäuscht.
„Mach ich nicht“, sagte Bernd. „Ich steh zu meinem Wort. Wenn Sie den Siegfried unter die Erde bringen, zahl ich. Aber wenn Ihnen ein Unbekannter die Arbeit abnimmt, haben Sie sich die Prämie nicht verdient. Ist doch klar, oder? Haben Sie übrigens eine Ahnung, wer auf Siegfried geschossen haben könnte?“
„Herr Rappold, ich kenne Siegfried jetzt seit drei Tagen. Glauben Sie, da weiß ich schon so viel über ihn,

dass ich wüsste, wer sonst noch ein Interesse dran haben könnte, dass er ins Gras beißt?"
„Ich vermute, seine Exfrau steckt dahinter", gestand Bernd. „Was hat denn Siegfried jetzt an Abwehrmaßnahem vor?"
„Weiß nicht. Er hat was gesagt über eine Alarmanlage, die er basteln will."
„Dann hat der Unbekannte keine Chance mehr", meinte Bernd. „Wenn der alte Siegfried seine Sensoren einsetzt, kommt keiner dran vorbei."
„Sie glauben also, ich brauch mir keine Sorgen zu machen?" Sabines Stimme war wieder zuversichtlicher.
„Ich meine, Sie sollten einen Zahn zulegen. Nehmen Sie ihn noch mehr dran, den Alten! Wär' doch gelacht, wenn er sich bei Ihnen nicht übernehmen würde", meinte Bernd. Und ganz leise fügte er hinzu: „Ich tät's ja wahrscheinlich auch." Aber Sabine hatte ein gutes Gehör. Sie lächelte den Bernd an und sagte: „Danke für die Blumen."
Bernd lächelte zurück. „Also bringen wir das bald zu einem Abschluss", sagte er.
„Vielleicht sollte ich mit ihm wegfahren?", überlegte Sabine. „Ich kenn da ein Hotel in den Bergen, an einem See. Dort könnt' ich dem Siegfried vielleicht noch besser zusetzen. Wanderungen in der Natur und so. Sie haben ja sicher nichts dagegen, dass ihm das Herz auf einer Bergtour auf einmal was pfeift?"
Bernd schüttelte den Kopf. „Jeder plötzliche, natürliche Abgang ist mir recht", sagte er. „Wobei ich sogar einen kleinen Bergunfall zu den natürlichen Abgängen zählen würde. Wenn er sich den Hals bricht, ist das für ihn vielleicht nicht ganz so angenehm, wie wenn er im Bett mit Ihnen draufgeht, aber solang alles hieb- und stichfest ist, sollen Ihrer Phantasie keine Grenzen

gesetzt sein. Er kann auch im See ersaufen. Wichtig ist nur, dass ich nicht mit seinem tragischen Ableben in Verbindung gebracht werde."

„Und ich krieg die Prämie, wenn er absäuft oder abstürzt?"

Bernd nickte. „Vorausgesetzt, es handelt sich um einen eindeutigen Unfall", sagte er. „Also, strengen Sie sich an! Mit der Prämie können Sie ein neues Leben anfangen, das ist doch Anreiz genug, oder?"

Sabine sah Bernd fest an. „Glauben Sie, es ist so lustig, ein Callgirl zu sein?", fragte sie.

„Na ja", sagte Bernd. „So würde ich Sie nicht bezeichnen. Sie gehören eindeutig zu einer höheren Klasse."

Sabine schüttelte den Kopf. „Spaß macht mir der Scheißjob auf keinen Fall. Ich würde viel lieber was Vernünftiges tun."

„Was ist schon vernünftig", sinnierte Bernd. „Automaten entwickeln, damit die Industriellen ihre Arbeitskräfte rausschmeißen können, ist das vernünftig?"

Sabine wunderte sich: „Sie haben Mitleid mit den gekündigten Arbeitern?"

„Nein. Mit den Industriellen", sagte Bernd. „Wenn die den Arbeitern keine Löhne mehr zahlen, können die Arbeiter nichts mehr kaufen und die Industriellen bleiben auf ihren Produkten sitzen."

Es war gegen Mitternacht, da lehnte Matthias an der Theke jenes Lokals, in dem hauptsächlich Türken verkehrten und wo er die erste Pistole erstanden hatte. Er hatte ein kleines Bier vor sich stehen und im Hintergrund wurde an einem Tisch lautstark Serbokroatisch gesprochen. Matthias fühlte sich nicht wohl, aber er

musste wieder auf Mustafa warten, der ihn hierher bestellt hatte.
Mit etwa zehn Minuten Verspätung tauchte Mustafa schließlich auf und stellte sich neben Matthias. Den Plastiksack, den er in der Hand getragen hatte, schob der Türke dem Matthias zu, der seinerseits ein Bündel Banknoten aus der Hosentasche zog und zu Mustafa hinüber schob.
Mustafa zählte nach und sagte: „Diesmal hundert Euro mehr, hab ich gesagt!"
„Wieso war die erste billiger?", fragte Matthias.
„Angebot und Nachfrage", meinte Mustafa. „Wenn Nachfrage ist groß – Preise steigen."
Wütend zog Matthias einen zusätzlichen Hunderter aus einer Tasche seiner Jeanshose und reichte ihn dem Mustafa. Der grinste, steckte den Schein mit dem Bündel Banknoten ein und sagte: „Pistole kann mehr als einmal schießen!" Dann verließ er das obskure Lokal.
Matthias trank das Bier aus, legte drei Münzen auf den Tisch, nickte dem Wirt zu und machte, dass er ebenfalls aus dem Gasthaus kam.

4. Kapitel

Eine wilde Verfolgungsjagd und eine spontane Urlaubsreise

Die Sonne stand im Osten am wolkenlosen Himmel, es war bereits beinahe sieben Uhr früh und Siegfried schlummerte immer noch friedlich wie ein kleines Baby.

Wenn man bereits mehr als ein halbes Jahrhundert Lebenszeit hinter sich hat und plötzlich die Freuden der Liebe wieder entdeckt, dann verabsäumt man es möglicherweise, mit seinen Kräften so hauszuhalten, wie das wohl vernünftig wäre. Siegfried hatte gestern Abend das Liebesspiel so ausgedehnt, dass er am Ende völlig ausgepumpt war. Sabine hatte sich wieder einmal als perfekte Geliebte gezeigt und sogar einige neue Facetten in das Spiel der Geschlechter eingebracht, die Siegfried noch gar nicht kannte. Schließlich war Siegfried dann in einen tiefen, erholsamen Schlaf gefallen. Die Nacht war ruhig verlaufen, ohne Störungen durch den im Garten Wache haltenden Jerry und vor allem ohne Behelligungen durch den unbekannten Aggressor, der auf Siegfried am Vortag geschossen hatte.

Aber jetzt summte plötzlich das Warngerät auf Siegfrieds Nachttisch und die Leuchtdiode Nummer sechzehn flammte auf. Der Summton war immerhin laut genug um Siegfried zu wecken.

Der sah das Kontrollgerät seiner Alarmanlage an, grinste, stand leise auf und zog sich rasch einen Trainingsanzug an. Dann fischte er einen vorbereiteten Holzprügel unter dem Bett hervor.

Dabei hatte er Sabine geweckt. „Was ist denn los, Siegfried?“, fragte sie schlaftrunken.
„Schlaf weiter“, sagte Siegfried. „Ich hau nur unserem Attentäter eine auf die Rübe.“
Sofort war Sabine hellwach und setzte sich auf. „Dein Alarmgerät?“
„Sensor Nummer sechzehn“, sagte Siegfried. „Er ist über's Einfahrtstor geklettert. Spät dran, der Bursche. Hat anscheinend verschlafen.“
„Warte, ich komm mit!“
„Bemüh dich nicht“, sagte Siegfried. „Der kriegt nur eine auf die Birne. Das geht ganz schnell. Bin gleich wieder da.“
Damit eilte Siegfried die Stiege hinunter, noch bevor Sabine ihm folgen konnte.
Matthias war absichtlich erst gegen sieben Uhr früh gekommen. Er wollte vermeiden, in der Dunkelheit wieder irgend so eine Falle auszulösen wie beim letzten Mal. Außerdem nahm er als sicher an, dass sein Vater um diese Zeit noch schlafen würde.
Über das Einfahrtstor kam er problemlos und dann bemühte er sich, nirgends anzustreifen, als er in Richtung auf das Schwimmbecken zu schlich. Er wollte auf den Birnbaum, der nahe dem Becken stand und von dem man wahrscheinlich ins Schlafzimmerfenster sehen konnte. Was Matthias nicht wusste, war, dass auf diesem Baum bereits ein gewisser Jerry sein Biwak aufgeschlagen hatte.
Jerry hatte Bretter über zwei starke Äste gelegt und dort angebunden. Nicht genagelt, um den Baum nicht zu beschädigen. Denn Jerry hielt nicht nur die Straßenverkehrsordnung peinlich genau ein, sondern er bemühte sich auch ehrlich, nirgends auch nur den kleinsten Schaden zu verursachen.

So hatte er eine Luftmatratze auf die Bretter gelegt, sich selber auf die Luftmatratze und seine Hoffnungen, den Attentäter zu erwischen, auf die Tatsache, dass er es mit seinen Pflichten sehr ernst nahm.
Jerrys Beobachtungsposten befand sich in relativ geringer Höhe. Er hielt es für indiskret, die Bretter höher anzubringen, weil er ansonsten in jenes Fenster hätte hineinsehen können, das ihm Herr Kratky als jenes des Schlafzimmers bezeichnet hatte. Am späten Abend, als es in diesem Schlafzimmer offenbar ziemlich ausgelassen zugegangen war, bereute Jerry seine Diskretion. Es wäre doch amüsant gewesen, zuzusehen, was der Alte mit der attraktiven Frau veranstaltete, die offenbar seine Freundin war. Als es dann im Schlafzimmer ruhig geworden war, lag Jerry auf seiner Luftmatratze, dacht an seine eigene Freundin Monika und wünschte sich, mit der demnächst auch einen so anregenden Abend zu verbringen. Aber das ging erst, wenn er den Fall hier abgeschlossen hatte. So lag also Jerry in der Dunkelheit des ihn umgebenden Laubes, dachte an seine Monika und – schlief ein.
Wach wurde er erst, als jemand versuchte, auf den Birnbaum zu klettern und dabei das Laub zum Rascheln brachte.
Schlaftrunken tastete Jerry nach dem vermeintlichen Wecker auf dem Nachttisch. Da war nichts, nicht einmal ein Nachtkästchen. Also machte Jerry die Augen auf und sah Blätter über sich. Im Moment wusste Jerry nicht, wo er sich befand. Nur halb bei Sinnen schwang er die Beine seitlich aus dem Bett und stand auf.
Allerdings war neben dem „Bett“, nämlich seiner auf zwei Brettern liegenden Luftmatratze, kein Boden, auf dem er hätte stehen können.
Jerry sauste nach unten.

Glücklicherweise befanden sich die beiden Bretter, die als Unterlage für die Luftmatratze dienten, bereits über der Wasserfläche des Schwimmbeckens, so dass für Jerry keine Verletzungsgefahr bestand. Es platschte nur gewaltig.

Besonders deshalb war das Platschen so intensiv, weil Jerry in seinem Schreck begonnen hatte, während des Sturzes mit dem Beinen zu strampeln. Und dieses Strampeln beförderte eine ansehnliche Menge Wasser aus dem Schwimmbecken und auf die Gestalt des Matthias, der, die Pistole in der einen Hand und mit der anderen Hand die Festigkeit eines Astes prüfend, unter dem Birnbaum stand.

Nun ist es ein gewisser Schock, wenn jemand mit einer Pistole unter einem Birnbaum steht, diesen zu erklettern im Begriff ist und plötzlich kommt von oben was gefallen, das mit einem mächtigen „Platsch" im nahen Schwimmbecken versinkt. Matthias ließ die Pistole fallen und ergriff die Flucht.

In diesem Augenblick kam Siegfried aus dem Haus gesaust, seinen Holzprügel in der Hand. Das Erste, das er sah, war Jerry im Schwimmbecken. Der Anblick entlockte Siegfried ein breites Grinsen. „Na, in Ihrem Beruf darf man nicht wasserscheu sein!", rief er dem Jerry zu, dann sah er die Gestalt des Matthias, die mit affenartiger Geschwindigkeit über das Einfahrtstor kletterte.

„Da ist er!", rief Siegfried und deutete auf den Flüchtling.

„Den schnapp ich mir!", rief Jerry und kam aus dem Schwimmbecken heraus. Wasser triefend nahm er die Verfolgung auf. Siegfried rief dem Jerry noch zu: „Tür ist offen! Schnappschloss!", dann kehrte er ins Haus zurück.

Auf der Stiege kam ihm Sabine entgegen. „Hat er's wieder probiert?", fragte sie.
Siegfried nickte. „Jerry Cotton verfolgt ihn", sagte er. „Wetten, er kriegt ihn nicht?"
„Wieso glaubst du das?"
„Du hast den Burschen doch gestern Abend kennen gelernt", sagte Siegfried. „Das wäre ein guter Babysitter oder Krankenpfleger, aber zum Detektiv taugt der nicht!"
„Das ist doch ein netter junger Mann", meinte Sabine. „Vielleicht ein bisserl naiv, aber der lernt's schon noch!"
„Sabine, Liebes, die Zeiten werden immer härter. Nettigkeit ist da völlig fehl am Platz!"
„Glaubst du?"
„Ich bin überzeugt davon!"
„Na, ich kenn einen Mann, der ist sehr nett, wird's nicht mehr lernen und trotzdem hat er's schon geschafft."
„Ja? Wen denn?"
„Dich, Siegfried. Und ich bin froh, dass ich dich kennen lernen hab dürfen!"

Die Verfolgungsjagd, die Jerry nun unternahm, gestaltete sich etwas schwierig.
Als Jerry das Grundstück verlassen hatte, sah er die Gestalt des Attentäters nach links rennen. Sein eigener, alter Golf stand rechts.
Eingedenk der Grundsätze, die man ihm beim Ausbildungskurs für Detektive eingetrichtert hatte, rannte Jerry nach links, dem Flüchtenden nach. Allerdings hatte dieser einen beachtlichen Vorsprung.

Dann sah Jerry, dass der Flüchtende in ein Auto sprang. Es war ein ziemlich kleiner, weinrot lackierter Wagen und gar nicht vorschriftsmäßig geparkt, nämlich viel zu nah am Kreuzungsmittelpunkt. Diese Tatsache ermöglichte es dem Flüchtenden allerdings, ohne zeitraubend ausparken zu müssen, gleich mit voller Beschleunigung loszubrausen.
Jerry musste zurück. Erst dauerte es einmal fast eine halbe Minute, bis er seinen eigenen Wagen im Sprint erreicht hatte – und dann stand Jerry vor einem schweren Problem. Er hätte Decklichter, Bremsleuchten und Blinker kontrollieren müssen, aber mittlerweile würde der Attentäter über alle Berge sein.
So sprang Jerry also in seinen Wagen und entschloss sich dabei ganz bewusst zu einer Gesetzesübertretung. Er würde die Leuchten nicht kontrollieren. Ausnahmsweise einmal nicht!
Matthias hatte mittlerweile seinen kleinen, weinroten Mietwagen auf fast achtzig beschleunigt und brauste die stille Seitengasse entlang. Im Rückspiegel hatte er gesehen, dass der ihn zu Fuß verfolgende junge Bursche umgekehrt war, also fühlte er sich bereits etwas sicherer.
Aber dann blockierte ein Müllsammelfahrzeug vor ihm die Straße und Matthias musste anhalten. Es war noch sehr früh am Morgen und die Müllmänner waren offenbar noch nicht auf Touren gekommen, denn sie bewegten sich betont langsam, jedenfalls schien es Matthias so. Da schob einer einen Müllcontainer im Zeitlupentempo an den Müllwagen heran, dann lehnte er sich an den Container und plauderte ein bisschen mit seinem Kollegen – und jetzt stieg sogar der Fahrer aus!
Matthias versuchte, an dem Müllwagen vorbeizukommen. Keine Chance. Da hupte Matthias.

Der Fahrer des Müllwagens kam zu ihm heran und klopfte an die Scheibe des Seitenfensters. „Na, du Pfosten, hast es eilig?“ fragte er, als Matthias das Fenster herunterließ. „Da wird was g'arbeit', du Tachinierer! Das dauert a bissel! Wenn's dir net passt, schmeiß i di' in' Mist und führ di' auf die Planie, du Wecken!“
„Entschuldigung, i hab's halt eilig“, sagte Matthias.
„Dann wart' gefälligst!“, verlangte der Müllmann und kehrte sehr langsam ans Steuer seines Fahrzeuges zurück.
Endlich fuhr der Müllwagen zu Seite und Matthias konnte an dem Fahrzeug vorbei. Aber mittlerweile war Jerry zur Stelle. Matthias gab wieder gehörig Gas und Jerry folgte ihm mit Tempo fünfzig. Wenn er schon seine Lichter nicht überprüft hatte, wollte er sich nicht noch einer Ordnungswidrigkeit schuldig machen.
Etwa sechshundert Meter weiter versuchte Matthias, nachdem er den Verfolger im Rückspiegel nicht mehr sehen konnte, zur Seite auszuweichen und er bog rechts ab. Leider übersah er dabei das Verkehrszeichen „Sackgasse“. Weitere dreihundert Meter war die Welt zu Ende. Es war nicht etwa ein Fahrverbotsschild, das die Durchfahrt verbot, nein, es war ein massives Gebäude, das die Weiterfahrt unmöglich machte. Matthias musste zurück.
Fluchend wendete er und trat das Gaspedal gehörig durch, damit er noch vor seinem Verfolger die Hauptstraße erreichte. Und das gelang ihm auch, allerdings nur knapp.
Matthias, mit gemütlichen fünfzig unterwegs, sah den weinroten Fluchtwagen von rechts kommen, sah sich genau nach Verkehrszeichen um, bemerkte, dass der Fluchtwagen Rechtsvorrang hatte – und bremste vorschriftsmäßig ab. Der weinrote Kleinwagen bog vor

ihm ein und ließ die Reifen rauchen. Matthias folgte unter Einhaltung der zulässigen Höchstgeschwindigkeit.

‚Na siehst du, der Gesetzestreue schafft's immer!', dachte er dabei.

Aber dann erlebte er eine Überraschung.

Wie es in den Vorortbezirken unserer Großstädte noch immer üblich ist, versperrte plötzlich ein geschlossener Bahnschranken den Weg. Vor dem Schranken hatte sich bereits eine längere Autoschlange angesammelt. Der weinrote Kleinwagen des Attentäters hielt kurz an, überholte dann die Kolonne und fuhr ganz einfach an der offenen Seite des Halbschrankens über die Bahngleise. Nur wenige Sekunden später donnerte ein Güterzug über die Gleise.

Jerry konnte daher die Kolonne nicht ebenfalls überholen, denn der Schranken würde sich nun sofort öffnen und der Gegenverkehr eine solche Aktion unmöglich machen. Der Attentäter war also doch noch entkommen.

Jerry versuchte, sich an die grässlichsten Flüche, die er kannte, zu erinnern. Leider fielen ihm nicht grad viele ein. Diejenigen, die ihm aber doch einfielen, als er zurückfuhr, mochten die Ursache dafür sein, dass er nicht auf den Tachometer achtete. Jedenfalls trat plötzlich ein Polizist vor ihm auf die Fahrbahn und winkte mit der roten Kelle. Natürlich hielt Jerry sofort und kurbelte das Seitenfenster herunter.

„Na, kommen wir zu spät ins Büro?", fragte der Polizist.

„Nein. Ich hab grad einen Attentäter verfolgt", gestand Jerry.

„Aha. Den, der auf 'n Kaiser g'schossen hat?", fragte der Beamte spöttisch.

Jerry durchschaute die Fangfrage. „Nein, den, der den Vorsitzenden der Polizeigewerkschaft in' Arsch 'treten hat", sagte er. „Der hat fast so ausg'schaut wie Sie. Haben Sie net auch was gegen den Gewerkschaftspräsidenten?"
„Schauen S', dass S' weiterkommen!", sagte der Polizist. „Und halten Sie sich in Zukunft an Tempo fünfzig!"
„Jawohl, Herr Inspektor", sagte Jerry gehorsam und fuhr weiter. Ganz langsam.

Als er das Grundstück Kratky erreichte, schwammen sein Schutzbefohlener und dessen Freundin im Schwimmbecken.
„Na? Haben S' ihn erwischt?", fragte Siegfried. Jerry schüttelte den Kopf.
„Ist mir über einen geschlossenen Bahnschranken entkommen", sagte er.
„Und Ihr Auto kann leider nicht auch fliegen", meinte Siegfried bedauernd. „Dass man den jungen Detektiven auch kein passendes, modernes Arbeitsgerät gibt!"
„Ja. Ein James Bond Auto wär' manchmal ganz gut", sagte Jerry. „Aber der probiert's nicht mehr!"
„Dann ist's ja gut", sagte Siegfried. „Gehen Sie doch nach Haus. Tagsüber brauch ich keinen Schutz. Da passt Sabine auf mich auf."
„Ja. Legen Sie sich hin", sagte Siegfrieds Freundin.
Jerry musste sie immer wieder ansehen. Die Frau war sicher beinahe vierzig, aber… ‚Verdammt, die Puppe könnte fast meine Mutter sein', dachte Jerry. ‚Viel zu alt für mich – und trotzdem ein Mädel, das man gern

als Freundin hätte. Warum ist der Fall so kompliziert?'
Aber dann siegte die Vernunft bei Jerry. Die Frau war leider nichts für ihn. „Gut, dann komm ich am Abend wieder", kündigte er an. „Wünsche noch einen schönen Tag!"
Und damit verzog er sich aus dem Garten.
„Du, Siegfried, was hältst du davon, wenn wir wegfahren?", fragte Sabine plötzlich.
„Wohin denn?" Siegfried war völlig überrascht.
„Ich kenne da ein kleines Hotel im Gebirge", meinte Sabine und umfasste Siegried von hinten. „An einem Bergsee, da können wir schwimmen, wie da. Und in einer Gegend, da träumst du noch jahrelang davon."
Siegfried drehte sich um und umschlang Sabine. „Und du nimmst diesen Bikini mit?", fragte er interessiert.
„Klar!"
„Na, dann…"
„Fahren wir noch heute?", fragte Sabine.
„Kannst du denn so schnell weg?"
„Klar!"
„Na, dann…"
„Gut. Dann geh gleich packen."

Drei Stunden später waren sie bereits eine ganze Zeit lang unterwegs. In Siegfrieds Sportwagen. Siegfried hatte nur eine ganz kurze Nachricht an Claudia hinterlassen, aber mit keinem Wort erwähnt, wohin er gefahren war. Sie waren noch vor Claudias Erscheinen weggefahren.
Die ersten zwei Stunden Fahrt auf der Autobahn waren ziemlich öde. Dann wurde die Landschaft interessanter. Als schließlich die Autobahnabfahrt, die sie

nehmen mussten, näher kam, hielt Siegfried an einer Raststätte.

Siegfried stieg aus und öffnete galant die Autotür für Sabine. „So, jetzt ein Kaffee wird uns gut tun", meinte er. „Wie weit haben wir denn noch?"

„Eine Stunde, vielleicht eineinhalb. Jetzt gibt's dann gleich nur mehr Landstraße, keine Autobahn mehr."

Sie traten ins Rasthaus und setzten sich in eine Nische im Hintergrund des Saales. Sabine sah Siegfried prüfend an. „Müde?"

„Geht so", meinte Siegfried.

„Was hältst du davon, wenn ich dich beim Fahren ablöse?", schlug Sabine vor. „Natürlich nur, wenn du mir den Wagen anvertraust."

Anstelle einer Antwort zog Siegfried die Autoschlüssel aus dem Hosensack und schob sie Sabine über die Tischplatte zu. „Am Anfang wirst ein bisserl aufpassen müssen aufs Tempo", sagte er. „Der Kübel macht gut seine zweihundertfünfzig."

Sabine nahm die Schlüssel. „Du bist ja dabei", sagte sie. „Danke für dein Vertrauen. Ich werd' den Wagen schon nicht kaputt fahren."

„Und wenn, macht's auch nix", meinte Siegfried. „Solang nur dir nix passiert!"

Sabine griff nach Siegfrieds Hand und streichelte sie. „Du bist so lieb", flüsterte sie dabei.

„Jawohl!", bestätigte Siegfried. „Dabei weiß ich so gut wie nichts über dich. Wer bist du eigentlich? Ich meine, außer einer schönen, begehrenswerten Frau."

„Ist das so wichtig?", fragte Sabine.

„Nein", gestand Siegfried. „Aber ich bin halt neugierig. Erzähl doch ein bisserl was von dir!"

„Was denn? Ich bin nur eine einfache Masseuse. Früher hab ich zwar andere Pläne gehabt, aber da ist nix

draus geworden."
„Woraus ist nix geworden", wollte Siegfried wissen.
„Na ja, in meiner Jugend wollte ich zur Bühne. Ich hab eine klassische Tanzausbildung gemacht, Gesangsunterricht genommen, aber irgendwie hat's nie geklappt."
„Wie bist du dann zur Agentur gekommen?"
„Na ja, von irgendwas muss man leben. Ich hab damals die Ausbildung zum Masseur gemacht und hab mich auf eine Annonce gemeldet. Die Agentur hat mich sofort genommen, aber Bedingungen gestellt. Unter anderem, dass man außer dem Massieren auch noch was anderes von mir erwartet. Na ja, damals hab ich Schulden gehabt und die Agentur hat gut bezahlt. Du siehst also, alles ganz banal und alltäglich. Nichts Geheimnisvolles dabei."
„Und du warst immer allein?"
„Nein, die Schulden hat mir ein gewisser Dominik hinterlassen, mit dem ich einige Zeit beisammen war. Er hat gespielt und dafür Kredite aufgenommen. Und ich Idiotin hab mit unterschrieben. Dominik hat sich dann abgesetzt und die Bank hat mich am Kragen gehabt."
„Dumme Geschichte."
„Ja. Ich war eine komplette Idiotin. Aber ich hab den Dominik halt so gern gehabt."
„Und seither kannst du niemanden mehr richtig gern haben. Stimmt's?"
Sabine nickte verlegen. „Hab ich zumindest gedacht", sagte sie. Und ganz leise fügte sie hinzu: „Bis vorgestern."
Siegfried zog Sabines Hand an seine Lippen. „Ich will versuchen, dir eine schöne Zeit zu machen", versprach er. „Vielleicht ist deine seelische Verletzung ja sogar heilbar."

„Ja. Vielleicht", flüsterte Sabine und sah Siegfried dankbar an. Und ihre blaugrünen Augen schimmerten leicht feucht.

Als Claudia gegen halb zehn Siegfrieds Grundstück betrat und niemanden im Garten vorfand, ärgerte sie sich. Da war sie heute einmal absichtlich später gekommen, damit sich die Erbschleicherin um Siegfrieds Frühstück kümmern musste, und dann schliefen die zwei immer noch. Der halbe Vormittag war schließlich schon vorüber!

Dass Siegfried eine Schlafmütze war, wusste sie. Aber offenbar übertraf ihn seine neue Freundin noch. Na, da hatten sich zwei gefunden! Es war höchste Zeit, das Weibsstück hinauszuekeln!

Claudia ging zuerst zu Siegfrieds Schlafzimmer und bemühte sich, beim Öffnen der Tür möglichst laut zu sein. Das Zimmer war leer.

Also ging Claudia den Chef suchen. Da war die Freundin also doch schon ausgeflogen.

Aber Ingenieur Siegfried Kratky war unauffindbar. Schließlich entdeckte Claudia in der Küche einen Brief von ihm.

„Sind verduftet. Machen Sie sich auch ein paar schöne Tage. Ich melde mich, wenn ich zurück bin. Kratky. PS: Schmeißen Sie den Detektiv raus!"

Im ersten Moment war Claudia sprachlos. Noch nie war der Chef so einfach weggefahren, ohne ihr vorher was zu sagen. Da war natürlich das Weibsstück dran schuld! Na, sie, Claudia, würde schon dafür sorgen, dass die Dame im Hause Kratky keine Wurzeln schlagen würde!

Einen Moment lang überlegte sie, ob sie nicht wirklich die Bude einfach dicht machen und auch einen kurzen, ganz spontanen Urlaub antreten sollte. Aber sie verwarf den Gedanken sofort. Da war ja noch der Unbekannte, der auf den Kratky geschossen hatte. Es war notwendig, dem Kerl das Handwerk zu legen. Jerry würde sie also auf keinen Fall rausschmeißen, der sollte den Attentäter fassen! Sonst würde es der tatsächlich einmal schaffen und Claudias Chef zu dessen Ahnen befördern. Und das wollte Claudia unter allen Umständen verhindern.

Nicht, dass sie ihren Chef so sehr geliebt hätte. Aber da gab es noch das Geld, dass ihr Arbeitgeber monatlich bezog und das sie verwaltete. Dass dabei monatlich Beträge in unterschiedlicher Höhe auf ein Konto gingen, dass auf ihren eigenen Namen lautete, war eine höchst erfreuliche Tatsache, die sofort zu Ende sein würde, wenn Siegfried ins Gras biss. Klar, dass ihr daran gelegen sein musste, ihren Chef noch möglichst lang bei guter Gesundheit zu halten. Es war ja so einfach. Siegfried war viel zu nachlässig mit den Abrechnungen. Meist sah er sie sich gar nicht erst an und ein, zwei Tausender im Monat waren so leicht abzuzweigen!

Claudia beschloss, sich erst mit Jerry zu besprechen. Also rief sie die Detektei an.

Jerry hatte sich nach dem anstrengen Nachtdienst nach Hause zurückgezogen, um abends wieder fit zu sein. Um siebzehn Uhr würde er wieder die Wache auf dem Grundstück übernehmen. Also legte Claudia ihre Jeans ab, zog sich einen Bikini an und legte sich auf Siegfrieds Liegestuhl am Schwimmbecken. Wenn der Chef nicht da war, gab es für sie ja nichts zu tun.

Claudia verbrachte einen richtigen Urlaubstag am Schwimmbecken. Sie suchte aus Siegfrieds Büchern einen Bestseller heraus, schwamm zwischendurch ein paar Runden und ließ es sich so richtig gut gehen. Mittags ließ sie sich eine Pizza kommen und am frühen Nachmittag schlief sie sogar eine Stunde im Liegestuhl. Als sie erwachte, beschloss sie, nicht wegzufahren, sondern hier einen schönen, gemütlichen Urlaub zu genießen.

Um halb fünf zog sie sich wieder um und wartete auf Jerry. Den ging es schließlich nichts an, wie sie den Tag verbracht hatte.

„Die Person, die Sie schützen sollen, ist nicht da", eröffnete ihm Claudia, als er kurz nach fünf erschien.

Jerry war perplex. „Ja, wo ist er denn hin?"

„Keine Ahnung. Spontane Urlaubsreise mit seiner Freundin", sagte Claudia giftig.

„Ah, seine Freundin. Na ja, kann man verstehen. Ist ja ein erstklassiges Stück Frau."

Claudia sah ihn böse an. „Finden Sie?", fragte sie spitz.

„Na ja, Sie selber sind ja auch nicht ohne", lenkte Jerry ein. „Wahrscheinlich sind Sie nur ein bisserl zu streng mit Ihrem Chef, sonst könnt' ich mir schon vorstellen, dass er gar keine Freundin nötig hätte."

„Finden Sie?", sagte Claudia nochmals. Aber dieses Mal klang es wesentlich freundlicher.

„Klar!", beteuerte Jerry und unterzog Claudia einer eingehenden Betrachtung. „Wenn man so aussieht, wie Sie, kann man seinem Chef ganz schön die Hölle heiß machen", sagte er dann. „Nur Ihre Jeans passen vielleicht nicht so ganz zu Ihnen, die zeigen viel zu wenig von Ihrer guten Figur. Sie sollten engere tragen, oder überhaupt einen Rock. Aber wenn, dann einen möglichst kurzen!",

„Finden Sie?", fragte Claudia und sah an ihren Beinen

herunter. „Na ja, das könnte man ja ändern."
„Ja. Probieren Sie's einmal", riet Jerry. Dann wurde er sofort wieder der beflissene Detektiv, der seine Aufgabe ernst nahm. „Was soll ich jetzt machen? Jetzt sind halt Sie die Person, die geschützt werden muss."
„Unsinn", sagte Claudia. „Mir will keiner an den Kragen, aber meinem Chef! Glauben Sie, es hätte Sinn, da weiter auf den Attentäter zu lauern?"
„Unbedingt", sagte Jerry. „Er wird's wahrscheinlich wieder versuchen. Und wenn die gefährdete Person nicht da ist, kann ich ganz anders vorgehen. Ich werde also heut Nacht wieder aufpassen."
„Und hätte es Sinn, wenn ich heut Nacht auch dableibe?", fragte Claudia. „Zwei sehen mehr als einer." Jerrys Kompliment über ihre Figur hatte ihr plötzlich eine völlig neue Möglichkeit eröffnet. Jerry fand sie offenbar attraktiv. Das war doch eine Chance für sie, ihre Defizite in Sachen Erotik ein wenig zu mindern...
„Das hat was für sich", sagte Jerry zögernd. Er war ein intelligenter Bursche, trotz seiner naiven Eigenheit, alle Vorschriften tödlich ernst zu nehmen. Und als intelligentem jungen Mann war ihm aufgefallen, dass ihn Claudia zuletzt sehr wohlwollend angesehen hatte. Nun, diese Dame war ja auch ganz appetitlich – und wer weiß, wann sich für ihn wieder die Möglichkeit ergab, mit seiner Monika zusammen zu sein...
„Gut", entschied Claudia. „Dann bleibe ich heut Nacht da. Wir zwei, wir werden den Mörder schon fangen!"

Dieses Mal traf Matthias den Mustafa früher in dem obskuren Gasthaus. Aber es war auch um diese Zeit

ganz schön voll dort.
Als Mustafa mit dem Plastiksack auftauchte, sagte er „Zweihundert mehr diesmal."
„Na hören Sie", begehrte Matthias auf. „Jedes Mal wird's teuerer!"
„Angebot und Nachfrage", sagte Mustafa. „Ich hab Ihnen gesagt, man kann mehr als einmal schießen damit. Muss nicht immer neue Pistole kaufen, wenn man nix hat getroffen!"
„Weiß ich", sagte Matthias. „Hab nur Pech gehabt." Und er reichte dem Mustafa ein Bündel Banknoten. Der Türke zählte nach. „Wo sind die zweihundert?", fragte er dann.
„Kann ich mir nicht leisten", sagte Matthias.
„Dann her mit Pistole!"
„Die brauch ich aber! Ich zahle Ihnen die zweihundert nächste Woche!"
„Nix. Gleich zahlen! Sonst Radau. Hab paar Kollega da in Wirtshaus! Die dir stechen Messer in Bauch!"
Zähneknirschend fischte Matthias zwei Hunderter aus der Gesäßtasche seiner Jeans und gab sie Mustafa.
„Gut", sagte dieser. „Morgen ich hab wieder Pistole für dich. Kostet aber dreihundert mehr. Angebot und Nachfrage, du verstehst?"

5. Kapitel

Matthias wird beinahe geschnappt und ein Räubergulasch schmeckt köstlich

Es war ein warmer Abend. Claudia überzog das Bett in Siegfrieds Schlafzimmer neu und bereitete alles für die Nacht vor. Vom Schlafzimmerfenster aus beobachtete sie Jerry, wie dieser seinen Stützpunkt im Birnbaum ausbaute. Er befestigte zwei weitere Bretter im Geäst, die verhindern sollten, dass er wieder ins Schwimmbecken stürzte. Und während Claudia ihn beobachtete, wurde ihr bewusst, dass dieser Jerry tatsächlich ein ganz ansehnlicher junger Mann war und es sich lohnte, ihn ein bisschen auf Touren zu bringen.
„Ihre Jeans passen nicht so ganz zu Ihnen“, hatte er vorhin gemeint. Na gut, sie würde sich ihm ohne diese Dinger präsentieren.
Claudia schlüpfte in ihren Bikini, holte eine von Siegfrieds Badehosen und ging in den Garten hinunter.
„Jerry, wollen Sie nicht noch eine Runde schwimmen mit mir vor der anstrengenden Nachtwache?“, rief sie ihm schon von Weitem entgegen. „Ich hab Ihnen eine Badehose gebracht.“
Jerry sah Claudia im Bikini daher kommen und er empfand den Anblick als durchaus erfreulich. Sofort kam er vom Baum herunter und ging ihr entgegen.
„Schwimmen wäre vielleicht gar nicht schlecht“, meinte er.
„Dann ziehen Sie sich um“, sagte Claudia und drückte ihm die Badehose in die Hand.
Jerry verschwand damit im Haus und Claudia ging

zum Birnbaum, um sich Jerrys Fortschritte am Beobachtungsposten anzusehen. Da bemerkte sie plötzlich etwas Schwarzes im Gras. Sie bückte sich und hob es auf. Es war die Pistole, die Matthias heute früh verloren hatte.
Nur ganz kurz überlegte Claudia, ob sie den Fund Jerry zeigen sollte, aber dann lief sie zur jetzt leeren Garage und versteckte die Waffe zwischen den dort gelagerten Winterreifen. Man konnte nie wissen, ob man so ein Ding nicht vielleicht einmal brauchen konnte...

Als Matthias gegen dreiundzwanzig Uhr den Zaun von Siegfrieds Grundstück überkletterte, kauerte er sich erst einmal ins Gebüsch und wartete. Wahrscheinlich gab es da eine Art Alarmanlage, die den Zaun sicherte und Matthias wollte zunächst abwarten, ob er bemerkt worden war.
Zehn Minuten lang geschah nichts. Offenbar hatte ihn niemand bemerkt. Vorsichtig schlich Matthias weiter. Das Haus war dunkel. Da fiel sein Blick auf das Garagentor, das offen stand. Das Auto seines Vaters war nicht da.
Matthias wusste nicht, was er davon halten sollte. Nachtschwärmer war sein Vater nicht, also dürfte er für längere Zeit weggefahren sein. Matthias fluchte ein bisschen, aber nur ganz leise. Dann fiel ihm ein, dass das Haus ja wahrscheinlich leer stand und er fluchte ein bisschen lauter.
Um ganz sicher zu sein, schlich er um das Haus und sah zu den Fenstern hinauf. Da stutzte er. Das Fenster vom Schlafzimmer seines Vaters war offen! Also war doch jemand da? Matthias entschloss sich, zu versu-

chen, hineinzusehen.
Leiter stand ihm diesmal zwar keine zur Verfügung, aber es gab ja noch den Birnbaum, auf den er heute Morgen hatte steigen wollen. Vorsichtig schlich Matthias hin und bemerkte, dass jemand da Bretter über die Äste gelegt hatte. Ob man von dort ins Schlafzimmer sehen konnte?
So leise wie möglich stieg Matthias auf den Baum. Dann stand er auf den Brettern und war maßlos enttäuscht, dass man nicht in das Zimmer sehen konnte. Die Bretter waren zu tief am Baum befestigt. Matthias musste noch höher klettern.
Als er das versuchte, brach ein Ast und es knackte ziemlich laut. Sekunden später sah Matthias eine Bewegung in der Dunkelheit des Zimmers. Da stand jemand am Fenster und sah herüber!
Dann hörte Matthias ganz leise: „Jerry, ich glaube, er ist da!“ und eine zweite dunkle Gestalt wurde neben der ersten sichtbar. Matthias wagte es nicht, sich zu bewegen.
Mehrere Minuten lang standen sämtliche Beteiligte an der nächtlichen Szene völlig still und unbeweglich. Dann schlief Matthias der Arm ein, den er um einen Ast gewinkelt hatte. Er musste sich bewegen.
Im selben Moment wurde es drüben am Fenster lebendig. „Den schnapp ich mir!“, rief eine männliche Stimme. Und eine weibliche rief: „Sei vorsichtig, Jerry!“
In Windeseile kletterte Matthias vom Baum. Kaum hatte er wieder festen Boden unter den Füßen, hörte er, wie drüben die Haustür aufgesperrt wurde. Matthias rannte zum Zaun und hörte hinter sich: „Um Himmels willen, sei vorsichtig Jerry!“ und die Antwort „Wenn Ingenieur Kratky vom Urlaub kommt, ist der Fall geklärt!“

Matthias wusste nicht so recht, wo er sich hinwenden sollte. Also setzte er alles auf eine Karte und lief dem Mann entgegen, der aus dem Haus gerannt kam. Sie trafen am Rand des Schwimmbeckens aufeinander und Matthias wollte seine Pistole dem andern auf den Kopf schlagen. Doch der musste die Armbewegung des Matthias gesehen haben und schlug ihm die Waffe aus der Hand. Es platschte nur wenig, als die Pistole ins Schwimmbecken fiel.

Matthias boxte seinem Gegner in den Magen, bezog selber einen Fausthieb aufs Auge, konnte aber dann den Gegner mit einem Tritt aus dem Gleichgewicht bringen.

Diesmal platschte es lauter, als Jerry ins Wasser fiel.

Matthias rannte zum Gartentor und war in nicht einmal drei Sekunden drüber. Aus dem Haus kam jetzt eine Frau gerannt und Matthias hätte wetten können, dass sie nichts anhatte. Aber das interessierte ihn eigentlich nicht, er beeilte sich nur, zu seinem Mietwagen zu kommen und dann gab er gehörig Gas.

Hinter ihm, auf dem Grundstück des Siegfried Kratky, sprang soeben eine nackte Claudia ins Wasser zu Jerry, in der Meinung, diesen retten zu müssen.

Aber Jerry war quietschlebendig und unverletzt. Lediglich sein Stolz hatte einiges abbekommen.

„Jerry! Geht's dir gut?"

„Alles in Ordnung, Claudia, Zuckergoscherl. Aber das nächste Mal hab ich ihn!"

Das Telefonat, das Matthias am nächsten Morgen mit seiner Mami in Spanien führte, war eher unerfreulich. Matthias berichtete, dass Siegfried auf Reisen wäre,

dass er keine Ahnung habe, wohin er gefahren war, dass er nochmals eine Pistole brauchte und dass ihm das Geld ausging. Besonders diese letzte Tatsache löste einen Schwall von Vorwürfen seiner Mami aus. Matthias wisse doch, wie knapp bei Kasse sie momentan wäre! Und wenn's nicht mit der Pistole klappe, solle Matthias doch was Billeres probieren, ein Messer vielleicht! Oder was noch billigeres, wie einen Stein oder einen Prügel.
Matthias versprach, sein Bestes tun zu wollen, notfalls seinen Vater halt mit bloßen Händen zu erwürgen, aber eine Waffe wäre halt hilfreich. Trotzdem benötigte er einige Minuten, um seine Mutter zu beruhigen und es gelang ihm letztlich nur unter dem Hinweis auf die Kosten des Telefonats.
Schließlich einigte man sich darauf, dass Matthias das Grundstück beobachten sollte, um vielleicht herauszufinden, wo sich Siegfried aufhalte, beziehungsweise, ihn nach seiner Rückkehr kaltzumachen.
Und schweren Herzens versprach die Mami, zusätzliches Geld schicken zu wollen.

Das Frühstücksbuffet des Hotels Gruber in Sankt Rupert war auf der Seeterrasse aufgebaut. Gegen halb neun betraten Siegfried und Sabine Arm in Arm die Terrasse und wählten einen Tisch direkt am Geländer zum See.
Als sie dann mit vollen Tellern vor sich den Kaffee serviert bekommen hatten, fragte Sabine: „Na, was sagst du zu der Luft da?"
„Riecht nach Bergen, nach See, nach Kühen, Almen, Edelweiß, Wilderern, knackigen Sennerinnen und saf-

tigen Preisen", meinte Siegfried.
„Und wie findest du die Mischung?"
„Großartig! Kann man in dem See da baden, oder ist das Wasser zu kalt?"
„Ich spring auf jeden Fall rein", sagte Sabine. „Weiß nicht, ob's dir zu kalt ist."
„Dann lass ich's lieber bleiben. Sonst hol ich mir eine Lungenentzündung, kratz ab, und der Bernd reibt sich die Hände."
„Verdächtigst du ihn immer noch?"
„Klar! Du hast ja zugegeben, dass er dich zu mir geschickt hat!" Siegfried fischte ein kleines Päckchen aus der Hosentasche und legte es neben Sabines Teller. „Du sollst mich umbringen und du machst das ganz großartig. Deshalb verleihe ich dir den Ehrenring für die zauberhafteste Mörderin der Kriminalgeschichte."
Sabine sah Siegfried verständnislos an. „Na, mach schon auf", sagte dieser.
Sabine wickelte das Päckchen aus und öffnete die kleine Schachtel, die drinnen war. Sie warf einen Blick auf den Ring, legte die Schachtel zurück, stand auf, lehnte sich an die Brüstung der Terrasse und sah auf den See hinaus.
Siegfried stand auch auf, trat neben sie und legte den Arm um ihre Schultern. „Was hast du denn? Gefällt dir der Ring nicht?"
„Das sind doch Brillanten?", fragte Sabine heiser.
„Sicher. Ich wollte dir eine Freude machen", sagte Siegfried. „Entschuldige bitte das kleine Scherzchen mit der Mörderin."
Sabine fiel ihm um den Hals. „Du bist so lieb! Kennst mich noch kaum und bemühst dich so!" Dabei schniefte sie ein bisschen.
Siegfried führte sie zurück zum Tisch. „Das wenige,

was ich schon kenne von dir ist aber großartig", meinte er. „Erzähle halt öfter was über dich!"
Sabine setzte sich wieder und steckte den Ring an. „Nicht an einem so schönen Tag", sagte sie. „Nach dem Frühstück fahren wir mit der Seilbahn auf die Eulenspitze, ja? Und danke für den phantastischen Ring!"

Der Ausblick von der Eulenspitze war überwältigend. Lange standen Sabine und Siegfried an dem Geländer der Terrasse des Schutzhauses und sahen sich das Panorama an.
Dann sagte Siegfried auf einmal: „Du, ich glaub, der abrupte Höhenwechsel bei der Bergfahrt tut mir nicht gut. Ich geh in die Hütte rein und trink einen Schnaps. Bleib ruhig da, ich komm gleich wieder."
Sabine sah ihn besorgt an: „Dein Herz?"
„Das ist ganz friedlich", meinte Siegfried. „Nur der Kreislauf, wahrscheinlich. Mit einem Schluck Enzian bin ich gleich wieder okay."
Siegfried ging in die Hütte, Sabine blieb im Freien. Etwa eineinhalb Meter neben ihr war eines jener Fernrohre aufgestellt, in das man eine Münze werfen muss und für einige wenige Minuten durchsehen kann.
Kaum war Siegfried in der Hütte verschwunden, sah der ältere Mann, der durch das Fernrohr geblickt hatte, auf und lächelte Sabine an.
„An manchen klaren Tagen sieht man unheimlich weit", sagte er. „Aber solche Tage sind selten. Ihrer kommt auch noch."
„Wie meinen Sie das?", fragte Sabine.
„Heut ist noch kein besonders klarer Tag", sagte der

Mann. „Man muss der Klarheit etwas Zeit lassen. Aber wenn dann alles stimmt und man ein reines Herz hat, lichtet sich der Nebel. Manchmal erst ziemlich spät, aber dafür wird die Sicht dann umso klarer."
„Ich versteh Sie nicht", meinte Sabine verwundert. Der ältere Mann machte auf sie einen seltsamen Eindruck.
„Macht nichts", sagte der Mann. „Sie dürfen bei klarer Sicht nur nicht zu Boden sehen, in den Dreck, verstehen Sie? Sonst sehen Sie nur den Dreck und den Ausblick nicht. Das wäre aber sehr schade. Schönen Aufenthalt noch in unseren wunderbaren Bergen!"
Und damit ging der Mann in die Schutzhütte hinein. Sabine sah ihm nach, konnte ihn aber nirgends mehr finden.
Drinnen, in der Schutzhütte, hatte Siegfried mittlerweile seinen Enzian durch die Gurgel gegossen. Jetzt fühlte er sich wohler. Da sah er neben dem Schanktisch einen Ständer, der Ansichtskarten enthielt. Er stand auf, und holte sich eine der Ansichtskarten, die eine Sennerin in einem extrem kurzen Dirndl und mit einem riesigen Busen zeigte. Dann ließ er sich vom Wirt eine Briefmarke geben, bezahlte Schnaps, Karte und Marke und adressierte die Karte an sich selber. Drauf schrieb er: „Liebe Claudia, sind in Sankt Rupert am See und werden noch einige Tage bleiben. Uns geht's einfach großartig. Schöne Grüße an den unbekannten Attentäter und er kann mich!"
Dann klebte Siegfried die Marke drauf, ging wieder hinaus auf die Terrasse und warf die Ansichtskarte noch in den Briefkasten, der am Eingang hing.
Draußen stand Sabine immer noch an der Brüstung der Terrasse und sie sah sehr nachdenklich drein. Als sie Siegfried kommen sah, hellte sich ihre Miene auf.

„Na, geht's besser?"
„Könnte nicht besser sein", sagte Siegfried. „Enzian ist die reine Medizin."
Aber von der Ansichtskarte an Claudia sagte er nichts.
Nun mag es etwas seltsam erscheinen, dass Siegfried vor Sabine Geheimnise haben sollte. Aber so war es. Aus ganz einfachem Grund.
Es gibt Dinge, die sagt man einer Frau ganz einfach nicht. Dazu gehört auch die Tatsache, dass man es nicht ausgehalten hat, seiner Haushälterin seinen Aufenthaltsort nicht mitzuteilen. Auch, wenn man sich dieser Haushälterin gar nicht so sehr verbunden fühlt.
Aber gerade die Frau, die man liebt, könnte das falsch auffassen.

Am späten Nachmittag schwamm Sabine im See und Siegfried fuhr in den Ort, um ein paar Besorgungen zu machen. Er tat sehr geheimnisvoll diesbezüglich.
Als er zurückkam, hatte er einen kleinen Rucksack gekauft, der ziemlich gefüllt schien. „Für heut Abend", kommentierte er nur, als er mit seinen Neuerwerbungen zu Sabine am hoteleigenen Seestrand kam. „Wird eine großartige Sache."
„Was hast du denn vor?"
„Was ganz Tolles. Können wir so gegen sieben los?"
„Wohin denn?"
„In den Wald. Mindestabstand vom Hotel so dreivierhundert Meter. Sonst gilt's nicht."
„Ja, was denn?"
„Lass dich überraschen!"
Also fragte Sabine nicht weiter. Siegfried versuchte auch ein kleines Bad im See, behauptete aber, das Was-

ser sei höchstens für Eisbären geeignet.

Also ließen sie den Wassersport bleiben und nahmen auf der Hotelterrasse noch einen Kaffee. Dann, es war grad achtzehn Uhr vorbei, drängte Siegfried zum Aufbruch. Sabine zog sich ins Zimmer zurück und schlüpfte dort in bequeme Jeans, Siegfried wartete mit dem Rucksack in der Hand vor dem Hotel. Er grinste dabei, wie ein kleiner Bub, der einen köstlichen Streich vorhat.

Dann wanderten sie Hand in Hand den Uferweg entlang. Etwa zweihundert Meter vom Hotel entfernt begann der Wald. Nach der Hitze des Tages war es unter dem Blätterdach angenehm kühl, und eine Weile schlenderten sie schweigend durch die Stille. Auch die Vögel hatten ihr Gelärme eingestellt, offenbar um den Frieden des beginnenden Abends nicht zu stören.

An einer Wegbiegung, von der ein ganz schmaler, unmarkierter Fußsteig abzweigte, führte Siegfried Sabine den Berghang hinauf. Nachdem sie etwa zehn Minuten gestiegen waren, kamen sie an eine Lichtung und Siegfried blieb stehen.

„Genau das Richtige", sagte er. „Da machen wir unser Abendessen."

„Was denn?"

„Räubergulasch", verriet Siegfried und öffnete den Rucksack. Er holte zwei Decken heraus und breitete sie ins Gras der Lichtung.

„Und wie macht man das?", fragte Sabine belustigt.

„Also, erstens muss man Räuber sein. Kein Gendarm! Gendarmen brauchen kein Räubergulasch, die kriegen ihr Futter zu Haus in der Gendarmeriekaserne. Aber weil wir zwei ja Räuber sind, besser gesagt Räuber und Räuberliebchen, steht uns ein Räubergulasch zu. Darf ich dich bitten, unseren Lagerplatz abzusi-

chern? Schau dich bitte um, ob keine Gendarmen in der Nähe sind. Ich packe inzwischen aus."
Fröhlich lächelnd machte sich Sabine daran, die kleine Lichtung zu umkreisen.
„Melde gehorsamst, Herr Räuberhauptmann, kein Gendarm in Sicht", verkündete sie, als sie zurückkam.
„Wunderbar", sagte Siegfried. „Die Gendarmen sind in der Kaserne und spielen Schwarzer Peter. Jetzt machen wir das Lagerfeuer."
Er hatte einen flachen Stein aus dem angrenzenden Wald geholt, weitere Steine im Kreis herum aufgebaut und auf den flachen Stein kleine, dürre Zweige gelegt. Aus dem Rucksack holte er eine Schachtel Zündhölzer und entfachte das Feuer. Nach wenigen Sekunden prasselten die dürren Zweige.
„Jetzt kommt die überaus komplizierte Zubereitung", verkündete er wichtig und holte zwei Konservendosen aus dem Rucksack. Eine enthielt fertiges Rindsgulasch und die andere ganz ordinäre, weiße Bohnen.
„Das wird jetzt zusammengemischt", erklärte er und hielt die Dosen hoch. „Und dann wird umgerührt. Das allerwichtigste für einen exquisiten Geschmack ist das Umrühren. Das muss unbedingt von einem Räuberliebchen gemacht werden, sonst schmeckt's nicht."
„Zu Befehl! Räuberliebchen rührt", sagte Sabine. Siegfried öffnete die beiden Dosen und goss den Inhalt in einen mitgebrachten kleinen Emailletopf. Dann stellte er den Topf auf die brennenden Zweige, verbrannte sich die Finger und wusste nicht recht, ob er fluchen oder lachen sollte. Weil ihm keine zu einem Räuber passenden Flüche einfielen, entschied er sich fürs Lachen.
Sabine übernahm jetzt die überaus anspruchsvolle Tätigkeit der Zubereitung, indem sie mit einem dickeren

Zweig die Steine so zusammen schob, dass der Kochtopf darauf guten Halt fand. Und dann rührte sie mit dem Schöpflöffel, der aus Siegfrieds Rucksack ans Tageslicht kam. Siegfried legte sich neben dem Feuer auf die Decke.
„Ahh! Wundervoll! Liebchen kocht und der Räuber ist müde vom letzten Überfall auf die Pfeffersäcke", sagte er. „Pass schön auf, dass das Feuer nicht zu groß wird und uns an die Gendarmen verrät!"
„Jawohl, Herr Hauptmann", sagte Sabine.
Siegfried schob sich näher an Sabine heran und legte den Kopf in ihren Schoß. „Weck mich, wenn das Essen fertig ist", sagte er.
„Jawohl, Herr Hauptmann", bestätigte Sabine, ließ das Rühren sein, beugte sich zu Siegfried hinunter und biss ihn zärtlich in die Nase.
Fünf Minuten später war das Räubergulasch heiß. Siegfried holte Kunststoffteller aus dem Rucksack und richtete die Gulasch – Bohnenmischung an. Mit zwei Plastiklöffeln rückten sie der Delikatesse zu Leibe.
Siegfried verbrannte sich die Zunge und fluchte ein bisschen, aber dann fragte er stolz: „Na, wie schmeckt das?"
„Phänomenal", beteuerte Sabine. „Wo hast du denn das gelernt?"
„Ist fast fünfunddreißig Jahre her", berichtete Siegfried. „Ich war damals in einem Ferienlager an der Donau. Räuberhauptmann war mein Freund Fritz und von dem hab ich das Rezept. Aber damals haben uns die Gendarmen überfallen und gewaltig verdroschen. Nicht festgenommen, sondern grauslich vermöbelt. Deshalb hab ich das wahrscheinlich verdrängt, all die Jahre. So etwas ist ja schließlich kein Renommee für einen anständigen Räuber. Ist mir erst gestern wieder

eingefallen. Und du bist dran schuld, weil ich seit ein paar Tagen immer jünger werde in deiner Gegenwart. Dafür wollte ich mich bei dir bedanken, mit diesem Festessen da."

„Schmeckt köstlich! Danke schön!"

Einige Minuten aßen sie schweigend. Dann sagte Siegfried: „Ist schon seltsam. Der Bernd schickt dich zu mir und ich fühl mich plötzlich um zwanzig Jahre jünger. Wir fahren gemeinsam weg und ich werde noch einmal fünfzehn Jahre jünger. Wenn das so weiter geht, musst du mir morgen einen Schnuller besorgen."

6. Kapitel

Eine Dampflok und Siegfried strengen sich gehörig an

Am nächsten Tag machten Sabine und Siegfried einen Ausflug in die Bezirksstadt.
Sabine hatte herausgefunden, dass es vom Hauptort des Bezirkes eine Museumsbahn durch das Tal nach Grünau gab, auf der im Sommer Dampfzüge verkehrten. Siegfried, der ja behauptete, bereits bedeutend jünger geworden zu sein, bekam leuchtende Augen, als Sabine ihm von den Nostalgiezügen erzählte.
„Hinfahren, bitte Dampflok anschauen", bat Siegfried und sah Sabine dabei an, wie ein Zwölfjähriger seinen Vater angesehen hätte.
„Gut. Genehmigt", sagte Sabine und Siegfried zeigte seine Dankbarkeit, indem er Sabine abknutschte, dass ihr Hören und Sehen verging.
Die Fahrt in die Bezirkshauptstadt Breitenbach erwies sich bereits als sehr romantisch, durch dunkle Wälder und über einen kleinen Pass. Sabine fuhr und Siegfried konnte nach Herzenslust schauen. Die Gegend war auch durchaus dazu angetan, einen Städter zu beeindrucken und Siegfried sparte nicht mit bewundernden Kommentaren.
In Breitenbach parkte Sabine das Auto am Bahnhof. Siegfried besorgte die Fahrkarten und war ganz enttäuscht, als er erfuhr, dass der nächste Zug erst in drei Stunden abgehen würde. Also schlug Sabine einen Spaziergang durch die kleine, aber sehenswerte Altstadt vor.

Nach einer halben Stunde hatten sie alles gesehen. Das Städtchen hatte keine zehntausend Einwohner und die Innenstadt war noch kleiner, als sie angenommen hatten.
Aber es gab ein Einkaufszentrum und Siegfried steuerte darauf zu in der Absicht, in einem der dort vorhandenen Cafes einen Mokka zu trinken.
Aus dem Mokka wurde allerdings nichts, denn auf dem Weg zur Kaffeeterrasse kamen sie an einem Geschäft vorüber, das einige aufreizende Kleidungsstücke im Schaufenster ausgestellt hatte.
Sabine blieb davor stehen und Siegfried sah, dass ihr Blick auf eine Schaufensterpuppe gefallen war, die silbrig glänzende Unterwäsche präsentierte.
Abwechselnd sah Siegfried die Puppe und Sabine an.
„Würde dir gut stehen", meinte er dann.
„Glaubst du? Und würde dir das gefallen?", fragte Sabine.
„Mhhm", nickte Siegfried. „Abgesehen davon, dass dir alles gut steht und mir alles gefällt, was du anhast."
„Weil du's mir ausziehen möchtest", stichelte Sabine lächelnd.
„Na ja, jeder hat so seine kleinen Schwächen", entschuldigte sich Siegfried.
„Dann komm." Gemeinsam betraten sie das Geschäft.
Während Sabine mit der Verkäuferin sprach, sah sich Siegfried ein wenig um. Im hinteren Teil des Verkaufsraums gab es Schuhe. Und auf einem Regal entdeckte Siegfried schwarze Pumps mit Absätzen, die so hoch waren, dass es Siegfried gar nicht glauben konnte. Er nahm einen der Schuhe in die Hand und maß die Höhe des Absatzes indem er ihn mit der Länge seiner Finger verglich. Aber seine Finger waren viel zu kurz.

Da trat Sabine zu ihm. „Die gefallen dir?“, fragte sie. „Damit kann man doch nicht gehen“, meinte Siegfried.
„Doch“, sagte Sabine. „Wenn dir die gefallen, nehm’ ich sie.“
„Damit kannst du laufen?“, fragte Siegfried ungläubig.
„Klar! Fräulein, kann ich die probieren?“
Die Verkäuferin brachte den zweiten Schuh und kurz darauf stöckelte Sabine mit den Dingern durch den Verkaufsraum.
„Grandios, wie du das kannst“, kommentierte Siegfried. „Kriegst du da oben in der dünnen Atmosphäre überhaupt noch Luft?“
„Dafür, dass die so hoch sind, sind die sogar ganz bequem“, meinte Sabine.
„Dann trägst du die heut zum Abendessen?“, fragte Siegfried erwartungsvoll.
„Sicher“, sagte Sabine ganz selbstverständlich. „Wenn sie dir gefallen, muss ich das doch einfach!“ Da umarmte Siegfried seine jetzt plötzlich viel größere Sabine und küsste sie leidenschaftlich, wobei es ihm völlig egal war, dass die Verkäuferin belustigt zusah.
Dann vervollständigten sie Sabines neues Outfit noch durch einen schwarzen, engen und sehr kurzen Rock und eine elegante, weiße Bluse und dann brachten sie die Plastiktasche mit den Einkäufen zum Auto.
Siegfried, der sich so auf die Fahrt mit dem Nostalgiezug gefreut hatte, wollte jetzt gar nicht mehr so recht. Er wäre lieber ins Hotel zurück gefahren um sich dort im Zimmer der Betrachtung der neu eingekleideten Sabine hinzugeben. Aber Sabine meinte, sie wären nun schon einmal da und Vorfreude wäre doch auch was Schönes.

Die Dampflokomotive der Schmalspurbahn stand schon bereitgestellt und Siegfried unterzog die Maschine einer genauen Begutachtung. Es handelte sich um eine 42 Tonnen schwere Zweizylinder Heißdampflokomotive mit 460 PS und die Maschine war trotz ihres Alters von fast achtzig Jahren erstklassig gepflegt. Siegfried tastete an den Zylindern herum, bis er völlig dreckige Finger hatte und ihm Sabine mit Papiertaschentüchern die Hände reinigen musste, damit er sich nicht das Öl auf die Kleidung schmierte. Aber Siegfried war in seinem Element. Sowohl der Techniker Kratky als auch der neuerdings wieder jung gewordener Lausbub Siegfried waren von der Maschine fasziniert.

Schließlich kam er mit dem Heizer ins Gespräch und unterhielt sich mit ihm anregend über den auf Steigungen nötigen Druck im Kessel und wie viel Kohle nötig war, um diesen Druck zu erreichen.

Der Heizer war ein Bauernbursch, der aus der Gegend um das Hotel stammte, in dem Sabine und Siegfried logierten, und der die Arbeit auf der Lok unentgeltlich als Hobby durchführte. Er war ein ebensolcher Technikfreak wie Siegfried einer war und er hatte sich die Kesselwärterprüfung selbst finanziert, um beim Club der Museumsbahnfreunde mitmachen zu können. Es dauerte gar nicht lang, da lud der Heizer Siegfried ein, auf der Lokomotive mitzufahren.

Siegfried sauste zu Sabine, die mittlerweile in einem der gut besetzten Waggons Platz genommen hatte.

„Sabine, Liebes, der Heizer hat mich eingeladen, auf der Lok mitzufahren. Bist du sehr bös, wenn ich dich allein im Waggon lasse?"

Sabine war nicht grad erfreut. Der Fahrt mit dem Nostalgiezug hatte sie zugestimmt, weil es Siegfried solchen Spaß machte. Aber sie hatte damit gerechnet, dass sie die Strecke gemeinsam zurücklegen würden. Jetzt ließ sie Siegfried also allein auf der harten, ungepolsterten Bank im Waggon sitzen und amüsierte sich mit der Lokomotivmannschaft.

„Für einen kleinen Buben wie dich ist das natürlich eine Sensation, auf der Lokomotive fahren“, sagte sie und Siegfried bemerkte ihren Sarkasmus gar nicht. „Na, dann geh schön nach vorn zur Lok, spielen. Gute Fahrt.“

Siegfried strahlte, gab ihr einen flüchtigen Kuss und machte, dass er nach vorn kam. Kurz drauf ging es schon los.

Und während der Zug mit atemberaubenden dreißig Kilometern pro Stunde das Tal entlangfuhr, sah Sabine aus dem Fenster und dachte darüber nach, auf was sie sich da eingelassen hatte.

Dieser Siegfried war ja ein überaus netter Kerl. Bisher hatte er ihr sich ihr gegenüber sogar so benommen, wie es sich eine Frau nur wünschen kann und sie hatte schon leichte Zweifel daran gehegt, ob es richtig gewesen war, den Auftrag Rappolds anzunehmen. Aber wenn dieser Siegfried sie bei der ersten Gelegenheit plötzlich allein im Waggon sitzen ließ, konnte es mit seiner Zuneigung zu ihr nicht all zu weit her sein. Wahrscheinlich war Siegfried also doch auch nur ein Mannsbild, wie sie schon viele kennen gelernt hatte, ein Mannsbild, dem Sex und Erotik wichtiger waren, als die reine, seelische Liebe.

Sabine war plötzlich froh darüber, dass sie die Schuhe mit den hohen Absätzen gekauft hatten. Die waren offenbar ein Mittel, den Siegfried so auf Touren zu bringen, dass es mit dem von Rappold herbeigesehnten letalen Infarkt nun bald klappen musste. Sabine war entschlossen, diese Schuhe nun möglichst oft zu tragen, wenn der Siegfried dafür so empfänglich war, wie es den Anschein hatte. Das würde die Frequenz Siegfrieds sexueller Aktivitäten erhöhen und damit die Sache abkürzen. Vielleicht konnte Sabine wirklich schon bald ihre Boutique eröffnen. Sollte Siegfried nur auf der Lokomotive gehörig mitmachen beim Eisenbahnspiel! Vielleicht schaufelte er ja auch Kohlen in die Feuerung. Na, sollte er!

Sabine nahm sich fest vor, abends dem Siegfried mit Hilfe der hochhackigen Schuhe intensiv einzuheizen…

Der, dem abends eingeheizt werden sollte, heizte im Moment selber. Den Kessel.

Michel, der Heizer, sagte dem Siegfried, wenn es nötig wurde, Kohle nachzulegen. Er erklärte Siegfried, dass es wichtig war, bereits rechtzeitig vor Steigungen die Kohle in die Feuerbüchse zu schaufeln, um nicht die Glut mit kalter Kohle abzudecken, wenn besonders viel Druck benötigt wurde. Siegfried kannte allerdings die Strecke nicht und so war er auf die Anweisungen Michels angewiesen.

Vor dem Anstieg zum Pass musste Siegfried ganz schön arbeiten und oben auf der Passhöhe hatte er Blasen an den Händen, so viele Schaufeln Kohle hatte er in die Feuerbüchse geworfen. Trotzdem hatte die Lokomotive alle Mühe, die Steigung zu bewältigen. Die Maschine schnaufte gewaltig, der Lokführer musste ständig die Steuerung nachjustieren und manchmal schien es, als ob die Kraft nicht reichen würde. Aber dann waren sie oben.

Zur Belohnung ließ dann Arnold, der Lokführer, Siegfried Regler und Steuerung bedienen und als sie Grünau, die Endstation, erreicht hatten, fühlte sich

Siegfried durchaus in der Lage, so ein zweiundvierzig Tonnen schweres Ungetüm fahren zu können.
Am Bahnsteig in Grünau, während die Lokomotive umgesetzt wurde, stieg Siegfried wieder in den Zug. Völlig verschwitzt, außer Puste, aber stolz zeigte er die Blasen an seinen Händen. „Ich hab erst den Kessel geheizt und die letzten zwei Kilometer hab ich die Lok gefahren", behauptete er.
„Da werd' ich die Schuhe heut nicht anziehen", meinte Sabine, obwohl sie vorhin genau das Gegenteil vorgehabt hatte.
„Ja, warum denn?", fragte Siegfried verblüfft.
„Na, wenn du dich jetzt so verausgabt hast?"
In Siegfrieds Gesichtsausdruck ging eine erstaunliche Veränderung vor. Nacheinander glaubte Sabine die Gefühle Enttäuschung, Aufbegehren, schließlich Resignation und zuletzt Schuldbewusstsein erkennen zu können.
„Hau mir eine runter", bat er. „Ich hab's verdient. Da lass ich die schönste Frau, die ich je gesehen hab, allein im Zug, weil ich Lokomotivführer spielen muss. Ich bin ja so was von einem Trottel!"
Da musste Sabine lächeln. „Ja, bist du", sagte sie. „Du hast lieber die Lok geheizt, anstatt gemeinsam mit mir die Landschaft zu genießen."
„Dampflokomotiven sind halt faszinierende Dinger", rechtfertigte sich Siegfried. „Aber trotzdem darf man deshalb nicht die schönste Frau der Welt vernachlässigen", gab er zu. „Noch dazu, wenn die bereit gewesen wäre, heute noch die höchsten Stöckelschuhe der Welt anzuziehen."
„Also was fasziniert dich mehr", fragte Sabine. „Die Lok oder die Schuhe?"
Da sah Siegfried sie mit ganz offenem Blick an und

gestand: „Du faszinierst mich. Auf alles andere kann ich verzichten."
Wieder musste Sabine lächeln. Diesem fünfzigjährigen Lausebengel konnte sie nicht böse sein. Und dass er es ehrlich meinte, war ihr auch klar, wenn sie in seine Augen sah.
„Na schön", sagte sie. „Aber Strafe muss sein. Die gerechteste wäre wahrscheinlich, dass ich die Schuhe doch anziehe. Du hast die Lok geheizt, ich heiz dir ein. Nimmst du die Strafe an, Angeklagter?"
Siegfrieds Miene hellte sich auf. Erst küsste er Sabine, dann setzte er sich neben sie, legte ihr den Arm um die Schultern und so drückte er sie die ganze Rückfahrt nach Breitenbach hindurch an sich.
Ins Hotel zurück fuhr Siegfried das Cabriolet. Sabine saß auf dem Beifahrersitz, schwieg und dachte über ihr seltsames Verhältnis zu dem Mann nach, den sie umbringen sollte. Man konnte ihm einfach nicht gram sein, dem Siegfried - und wieder beschlichen sie Zweifel, ob ihre Vorgehensweise zu akzeptieren wäre. Na ja, die Boutique war immerhin eine wirklich erstrebenswerte Angelegenheit...
Im Hotel angekommen bestand Siegfried darauf, dass sich Sabine sofort umzog und sie tat ihm den Gefallen. Mit dem neuen Rock, der weißen Bluse und den Schuhen mit den extrem hohen Absätzen saß sie dann mit Siegfried auf der Kaffeeterrasse, wo sie einige bewundernde Blicke der anderen Gäste auf sich zog.
Siegfried war erstaunlich rasch mit seinem Kaffee fertig und drängte Sabine, sich vor dem Abendessen noch etwas hinzulegen. Als sie die Stiege in den ersten Stock hinaufstiegen, blieb Siegfried hinter Sabine und genoss den Anblick, wie sie sich elegant wie ein Filmstar mit den hohen Absätzen bewegte.

Im Zimmer standen sie dann eng umschlungen einige Minuten vor dem Bett und Siegfried streichelte Sabines Nacken mit einer Zärtlichkeit, die ihren letzten Unmut über sein Verhalten während der Bahnfahrt beseitigte. Und dann verausgabte sich Siegfried zum zweiten Mal an diesem Tag, was ihm aber diesmal keine Blasen an den Händen eintrug.
Und nachdem Sabine auch zum Abendessen die neuen Stöckelschuhe trug, verausgabte sich Siegfried dann später am Abend noch ein drittes Mal, wobei er keuchte wie die Lokomotive auf der Steigung zum Pass, so dass Sabine tatsächlich glaubte, den kritischen Punkt diesmal erreicht zu haben. Aber interessanterweise beunruhigte sie Siegfrieds Keuchen mehr, als sie sich eingestehen wollte und als er endlich wieder normal atmete, war Sabine richtig glücklich drüber.
„Und ich bin wieder nicht abgekratzt“, sagte Siegfried, als sie ruhig nebeneinander lagen. „Na, vielleicht überleb' ich heute Nacht nicht, schließlich hab ich heut einiges geleistet!“
Aber am nächsten Morgen lebte Siegfried immer noch und fühlte sich noch dazu einfach phänomenal.

7. Kapitel

Von Bootsfahrten und Handschellen

Die beiden Tage, die auf die Abreise von Siegfried und Sabine folgten, waren nicht sehr angenehm für Matthias. Zweimal rief ihn seine Mami am Handy an und drängte ihn, jetzt doch endlich seinem Vater das Licht auszublasen. Aber der war verschwunden. Mami appellierte an ihren Sohn, doch um Himmels Willen was zu unternehmen, um den Aufenthaltsort des missliebigen Papas endlich herauszubekommen und die Welt von der Gegenwart des Ingenieurs Kratky zu befreien. Weitere Verzögerungen brächten sie finanziell in Teufels Küche.
Einen Tag verwendete Matthias noch an die unauffällige Beobachtung des Grundstückes, wobei er einige Worte der anwesenden Personen durch die Hecke am Gartenzaun hindurch mithören konnte. Offenbar handelte es sich um die Haushälterin seines Vaters und um einen Detektiven, der damit beauftragt war, dem geheimnisvollen Pistolenschützen das Handwerk zu legen, der auf Siegfried geschossen hatte. Allerdings hatte Matthias den Eindruck, dass die beiden ihre jeweilige Aufgabe nicht sehr genau nahmen, denn sie lagen den ganzen Tag am Schwimmbecken und ließen es sich wohl sein. Außerdem herrschte zwischen den beiden eine ausgesprochen herzliche Beziehung, denn die Haushälterin behandelte „ihren Jerry" mit besonderer Fürsorge.
Am zweiten Tag rief Matthias an. Er verlangte einfach, Ingenieur Kratky zu sprechen. Als ihm von Claudia

mitgeteilt wurde, dass dieser verreist wäre, log Matthias eine ganze Geschichte zusammen. Er wäre Entwicklungsingenieur eines Automobilkonzerns und interessiert an einem gewissen Automatisierungsprozess zu Herstellung von Einspritzpumpen, wäre aber von Direktor Rappold an Ingenieur Kratky verwiesen worden. Es wäre dringend und wenn Ingenieur Kratky eine Lösung für das Problem fände, wäre es dem Konzern eine Stange Geld wert. Man müsse aber mit Ingenieur Kratky wohl persönlich über das Problem sprechen.

Claudia biss sofort an, als sie den Ausdruck „eine Stange Geld" hörte, denn da wäre sicher wieder was für ihr geheimes Konto abzuzweigen. Es täte ihr Leid, meinte sie, sie wisse den Aufenthaltsort ihres Chefs leider nicht. Aber sie rechne mit Sicherheit damit, dass er sich bald einmal bei ihr melden werde.

Matthias versprach einen neuerlichen Anruf am nächsten Tag. Er selber wäre tagsüber nur schwer erreichbar.

Den Abend benutzte Matthias dafür, sich eine neue Kanone zu besorgen. Mustafa grinste diesmal noch breiter als beim letzten Mal. „Hab nicht gewusst, dass du brauchst Wegwerfpistolen", sagte er. „Ist teures Hobby!" Und er kassierte wiederum mehr. Aber diesmal nur um fünfzig Euro mehr, weil er sich sagte, dass sein Kunde bei diesen Preisen doch eine andere Quelle für seine Schießeisen würde finden können. Immerhin sind illegale Kanonen in einer Großstadt heutzutage leichter zu bekommen, als man allgemein annimmt.

Matthias freute sich, dass ihm jetzt sogar Mengenrabatt eingeräumt wurde und nahm sich vor, auf die neue Glock besonders aufzupassen. Diesmal würde er sie nicht mehr verlieren!

Am folgenden Tag rief Matthias wieder die Haushälterin seines Vaters an. Claudia hatte seinen Anruf schon erwartet, denn es wäre eine Ansichtskarte eingetroffen, berichtete sie. Siegfried Kratky befände sich mit seiner neuen Freundin im Gebirge und morgen würde ein Mitarbeiter Kratkys dorthin fahren. Nein, das Quartier des Herrn Kratky sei nicht bekannt, aber das werde der Mitarbeiter sicher leicht herausfinden können.
Matthias, der am freundlichen Tonfall Claudias erkannte, dass da vielleicht weitere Informationen zu erhalten wären, verwickelte sie in ein Gespräch und tatsächlich konnte er aus dieser Unterhaltung schließen, dass der Bodyguard, dieser junge Detektiv, der mittlerweile bereits bei Claudia in Ingenieur Kratkys Villa zu wohnen schien, wohl der erwähnte Mitarbeiter sein müsse.
Nun, dem würde Matthias ja nur folgen müssen, um zu seinem Vater zu gelangen. Also legte er sich bereits am frühen Morgen vor dem Grundstück seines Vaters auf die Lauer, um die Abreise des Detektivs nicht zu verpassen.
Matthias hatte sich zwar bei den bisherigen Versuchen, seinen Vater zu beseitigen, sehr ungeschickt gezeigt, nichtsdestoweniger war er nicht dumm. Er wechselte deshalb den Mietwagen, der ja dem Detektiv von der Verfolgung nach dem letzten Fehlschlag bekannt sein musste. Es war natürlich ein sehr billiger Mietwagen, den er jetzt zur Verfügung hatte. Matthias hoffte, dass der Detektiv nicht zu sehr Gas geben würde, sonst hätte er mit dem kleinen Japaner, den er jetzt fuhr, das Nachsehen gehabt.
Bereits um vier Uhr Früh lauerte Matthias vor dem Grundstück, aber er musste lang warten. Erst gegen neun brach Jerry auf – und Matthias wurde Zeuge einer rührenden Abschiedsszene zwischen Claudia und

dem jungen Mann, der ihn verfolgt hatte. „Pass auf dich auf, Jerry, Liebling“, sagte die Haushälterin mehrmals und Jerry beteuerte, dass einem Jerry Cotton nie etwas passieren könne, auch wenn die gesamte Unterwelt ihn jagen sollte. „Denk dran, Zuckergoscherl, dass Jerry Cotton auf der Seite der Guten steht“, sagte Jerry. „Und das Gute siegt letztlich immer!“ Und die beiden schmusten sich ab, wie zwei Teenager.

Dann begann die Reise. Matthias hielt zu Jerrys altem Golf ausreichend Abstand, was ihm aber manchmal schwer fiel, denn Jerry fuhr wie ein Volltrottel. Matthias kam aus dem Staunen gar nicht mehr heraus. Dieser Jerry hielt sich derart peinlich genau an die Straßenverkehrsordnung, dass er mit seiner Fahrweise die anderen Verkehrsteilnehmer zur Verzweiflung brachte. Insbesondere die Geschwindigkeitslimits beachtete dieser Verrückte mit einer Akribie, die dem Insassen eines Irrenhauses wohl angestanden wäre.

Dann erreichten sie die Autobahn und es wurde besser. Jerry fuhr erst genau achtzig, später beschleunigte er auf hundertdreißig, aber er fuhr nie schneller und Matthias war jetzt für Jerrys Spleen dankbar, denn sonst hätte er mit seinem gemieteten Kleinwagen nicht folgen können.

Zweieinhalb Stunden dauerte die Autobahnfahrt, dann bog Jerry ab auf die Landstraße und Matthias ließ immer ein oder zwei andere Autos zwischen dem Verfolgten und sich, um nicht aufzufallen.

Als Jerry dann nochmals abbog und einer relativ schmalen Bergstraße folgte, verlor Matthias die „Deckung“ zwischen sich und dem Auto Jerrys. Er hielt zwar reichlichen Abstand, aber jetzt ging es einen Pass hinauf und die Sache wurde schwieriger, zumal an den Steigungen, die Matthias' Kleinwagen Mühe bereiteten.

Dann, am Ende einer langen, steilen Strecke, hatte Matthias den Jerry aus den Augen verloren, weil sein Kleinwagen die Steigung nur im zweiten Gang schaffte. Matthias gab ordentlich Gas, um den Abstand wieder zu verringern. Die Straße war recht kurvenreich und Matthias war beinahe zu flott unterwegs, als er zu einer unübersichtlichen Haarnadelkurve kam. Und hinter der Kurve stand plötzlich Jerrys alter Golf.
Nein, er stand nicht. Er fuhr im Tempo von zehn Kilometern pro Stunde über eine kurze Strecke, auf der ein paar Schlaglöcher ausgebessert wurden. Die Bauarbeiter hatten offenbar nicht erst lange über das Problem nachgedacht und ganz einfach ein Verkehrszeichen mit der Geschwindigkeitsbeschränkung 10 km/h aufgestellt, vielleicht, weil kein anderes zur Hand gewesen war. Und der Vollkoffer Jerry hielt sich daran!
Matthias, der mit etwa siebzig um die Kurve gedriftet kam, musste voll auf die Bremse latschen, um Jerrys altem Golf nicht ins Heck zu knallen. Und da die Vorderräder noch eingeschlagen waren, schleuderte der Kleinwagen und rutschte von der Straße.
Dann saß Matthias ziemlich verdattert am Steuer eines Kleinwagens, der es sich im Straßengraben gemütlich gemacht hatte und mit den Scheinwerfern in den blauen Himmel glotzte.
Matthias hatte sich noch nicht gefangen, da kam schon Jerry zu ihm heran. „Alles in Ordnung mit Ihnen?“, fragte er durchs geöffnete Seitenfenster.
„Aber ja“, sagte Matthias. „Wer kann denn damit rechnen, dass da nach der Kurve plötzlich ein Wagen im Weg steht?“
„Na ja, das Limit mit zehn km/h scheint mir auch etwas übertrieben“, gab Jerry zu. „Aber man muss halt immer auf Sicht fahren! Besonders auf so kleinen

Bergstraßen. Kommen Sie da selber raus, oder soll ich Sie rausziehen?“
Matthias probierte es, selber aus dem Graben zu kommen. Von Jerry wollte er sich nicht grad gern helfen lassen. Immerhin hatte ihn dieser nicht erkannt. Na ja, es war dunkel gewesen bei ihrem letzten Zusammentreffen, das für Jerry im Schwimmbecken geendet hatte.
Dummerweise drehte eines der Antriebsräder durch. Mit einer Differentialsperre wäre Matthias leicht aus dem Graben gekommen, aber so musste ihn Jerry tatsächlich herausziehen. Alles in allem dauerte es eine Viertelstunde, bis Jerry die Stelle vor der Kurve mit dem Pannendreieck gesichert, das Abschleppseil befestigt hatte und Matthias Mietwagen wieder auf dem Asphalt stand. Matthias bedankte sich bei Jerry, aber der Dank fiel etwas kühl aus. Und Jerry ermahnte Matthias noch: „Denken Sie dran: Im Gebirge immer auf Sicht fahren! Sie wollen doch niemanden umbringen!“
Als Jerry dann davonfuhr, konnte Matthias seine Missmut nicht mehr bezähmen und rief dem entschwindenden Golf nach: „Doch! Meinen Vater!“

Nach dem ausgiebigen Frühstück holte sich Sabine aus der Hotelküche den am Vortag bestellten Picknickkorb ab. Siegfried wartete schon auf sie am Anlegesteg in dem Ruderboot, das sie ebenfalls bereits am Vortag reserviert hatten. Es sollte ein gemütlicher Tag auf dem See werden.
Zunächst einmal verjagte Sabine den Siegfried von der Bank in der Mitte des Bootes, von der aus man

die Riemen bedient. „Ich rudere", entschied sie. „Du musst dein Herz schonen."
„Na hör einmal", begehrte Siegfried auf, „Wenn ich die Nächte mit dir so ohne Probleme überleb, besonders die letzte, dann das Rudern erst recht! Außerdem schadet ein bisserl physische Anstrengung gar nicht, das weißt du!"
„Sicher ist sicher! Hopp, rüber ins Heck! Du kannst den Picknickkorb bewachen."
„Der ist bei mir sicherer als in Fort Knox", meinte Siegfried und trollte sich ins Heck. „Was ist denn drin?"
„Lass dich überraschen." Sabine stieß das Boot vom Steg ab und begann, zielstrebig mit kräftigen Ruderschlägen das Boot vom Ufer weg zur Mitte des Sees zu steuern.
„Das hab ich nicht so gern", maulte Siegfried. „Vorfreude ist immerhin die schönste Freude. Und wenn man nicht weiß, worauf man sich freuen kann, macht's nur halb soviel Spaß."
„Dann schau halt rein", gab Sabine nach. Aber Siegfried kam gar nicht dazu, nachzusehen, denn ein anderes Ruderboot näherte sich dem ihren und Siegfried hörte ein „Hallo!" über den See schallen. „Herr Kratky!", wurde er dann auch noch mit Namen angerufen und in Siegfried stieg eine böse Ahnung auf.
„Ist das nicht dieser idiotische Detektiv?", fragte er Sabine missmutig.
Die sah sich nach dem anderen Boot um. „Könnte sein", meinte sie. „Woher weiß der, wo wir uns verkrochen haben?"
Siegfried konnte nicht mehr antworten, denn das andere Ruderboot rauschte heran wie ein Zerstörer. „Herr Kratky, Sie haben nichts mehr zu befürchten",

verkündete Jerry. „Agent Jerry hat alles im Griff!"
„Mag sein, aber Sie waren ein Griff ins Braune", meinte Siegfried und verzog das Gesicht. „Eine gute Hand hat da meine Haushälterin nicht grad gezeigt."
„Die Claudia? Die ist doch ein Goldschatz!", sagte Jerry, dessen Boot mittlerweile herangekommen war und im Abstand von nur ein paar Metern auf dem See trieb. Er hatte ein Fernglas an einem Riemen um den Nacken hängen.
„Goldschatz?", fragte Siegfried befremdet. „Und Sie nennen sie Claudia? Ach so, sie hat Sie schon um den Finger gewickelt!"
„Herr Kratky, ich glaub, Sie unterschätzen die Claudia. Die hat nur Ihr Bestes im Sinn!"
„Das glaub ich sogar, weil wenn ich abgemurkst werde, kann sie stempeln geh'n. Wenn ich sie rausschmeiß', übrigens auch. Kommt aufs Gleiche raus. Warum sind Sie denn nicht bei Ihrem Goldschatz geblieben, wenn Sie so viel von ihr halten?"
„Pflichtbewusstsein! Und zwar bei uns beiden! Die Claudia selber hat mich losgeschickt!"
„Aha. Also ihr Job ist ihr mehr wert als Sie", stellte Siegfried zufrieden fest.
„Es geht ihr nicht um den Job, sondern um ihren Chef!", behauptete Jerry mit Nachdruck.
„Dann fahren Sie jetzt wieder zurück zu Ihrem Goldschatz", ordnete Siegfried an. „Hüpfen Sie wieder mit der Claudia ins Bett und lassen Sie uns in Ruhe. Wir fühlen uns da in keiner Weise gefährdet. Verstanden?"
„Wenn Sie möchten, arbeite ich geheim weiter. Sie werden mich gar nicht bemerken. Aber der Auftrag ist eben Personenschutz und schützen kann ich Sie nur, wenn ich in Ihrer Nähe bin."
„Dann bleiben Sie aber gefälligst in entfernter Nähe.

Am liebsten so drei- vierhundert Kilometer“, schlug Siegfried vor.
„Schön“, sagte Jerry und es klang etwas beleidigt. „Ich werde dafür sorgen, dass der Personenschutz ganz diskret erfolgt und sie mich gar nicht zu Gesicht kriegen.“
„Ihr Wort in Gottes Ohr“, sagte Siegfried und Jerry ergriff wieder die Ruder. Als er in die Richtung zum Hotel wegruderte, rief ihm Siegfried nach: „Jerry, wenn Sie mir auf die Nerven gehen sollten, schmeiß ich Sie ins Wasser.“ Und mit Vergnügen sah Siegfried, dass Jerry die Hand ins Wasser hielt, um dessen Temperatur zu prüfen und sich anschließend schüttelte.
„Da rüber, Sabine“, sagte Siegfried, als Sabine die Riemen wieder aufnahm und begann, weiter zu rudern. Und dabei zeigte er in die Richtung von Jerrys Boot weg.
„Du hast mir noch nicht gesagt, woher der Bursche weiß, dass wir da sind“, meinte Sabine. Siegfried wurde etwas verlegen.
„Von Claudia, nehme ich an. Ich hab ihr eine Ansichtskarte geschrieben.“
„Warum denn?“ Sabine hielt mit dem Rudern inne.
„Ja, das ist nicht leicht zu erklären“, sagte Siegfried betreten. „Ich wollt halt nicht, dass sie sich Sorgen macht.“
„So eng ist das Verhältnis?“, fragte Sabine und Siegfried vermeinte, eine leichte Missstimmung aus ihrer Stimme heraus zu hören.
„Nein“, sagte er bestimmt.
Sabine schwieg etwa eine Minute lang. Dann fragte sie: „Wirklich? Warum hast du ihr dann geschrieben“
„Frag mich lieber, warum ich dir nicht gesagt hab, dass ich ihr geschrieben hab“, meinte Siegfried. „Ich wollte

nämlich genau das vermeiden, nämlich, dass du deine absurden Schlüsse aus der Tatsache ziehst."
„Na, so absurd sind die doch nicht!"
„Doch. Also gut, reden wir über die Sache Claudia. Ganz offen. Ich hab dir schon gesagt, was ich von ihr halte: Sie ist mein Hausdrachen und Kindermädchen. Aber nichts weiter. Zugegeben, am Anfang, als sie zwei, drei Wochen bei mir war, hat sie's versucht. Sie hat sich an mich herangemacht. Ohne Erfolg. Sie ist ja eine ganz appetitliche Person, aber erstens ist sie viel zu jung und zweitens nicht mein Typ, verstehst du? Und außerdem hab ich immer gedacht, Sex wäre für mich gelaufen, was ja mit der Claudia sicher der Fall gewesen wäre. Claudia zieht über meine Spielchen mit den Sensoren und Schaltungen her, sie hätte nie die Sache mit dem Räubergulasch verstanden. Claudia ist ein Verstandesmensch, dem jeder Sinn für Romantik abgeht. Und vor allem, jeder Sinn für Humor. Sie ist eine gute Haushälterin, aber sonst nichts."
„Und warum hast du ihr geschrieben?"
„Damit sie keinen Blödsinn macht."
„Welchen Blödsinn?"
„Was weiß ich? Eine Vermisstenanzeige oder so was! Außerdem möchte ich keinem anderen Menschen Sorgen machen, so wie ich überhaupt alles vermeiden will, was anderen Leuten schaden könnte. Verstehst du das? Das Eigeninteresse hat dort seine Grenze, wo das Interesse eines Anderen beginnt!"
Sabine zog die Ruder ein und sah Siegfried einige Sekunden lang ins Gesicht. Dann sagte sie: „Ja, das versteh ich. Du bist eben ein herzensguter Kerl. Weißt, ich kenne bisher nicht viele, die so wie du sind. Entschuldige, bitte."
Dann kam sie zu Siegfried ins Heck, der ihr bereitwil-

lig Platz machte und dann kamen jene Küsse, die nach der Beilegung einer kleinen Meinungsverschiedenheit immer das Schönste sind.

Der Inhalt des Picknickkorbes war den Weg alles Irdischen gegangen. Die „Brettljause“ ließ qualitätsmäßig nichts zu wünschen übrig, allerdings war der Inhalt des Korbes nicht allzu reichlich gewesen. Das musste man natürlich verstehen. Der Korb kam aus der Hotelküche – und so ein Hotel im Gebirge muss vorausschauend kalkulieren. In einer guten Sommersaison verkleinert man die Portionen, weil die Wintersaison schlecht werden könnte. Der Schnee könnte möglicherweise ausbleiben. Und in einem schneereichen Winter mit guten Umsätzen verkleinert man die Portionen, weil es im Sommer immerhin pausenlos regnen könnte. Oder, man belässt die Portionsgrößen und erhöht die Preise. Oder, noch besser, man tut beides.
Solche kommerzielle Überlegungen versuchte Siegfried Sabine zu erklären, als sie nach dem Essen im Boot lagen. Firmengrundsätze wie diese wären mit ein Grund gewesen, gestand er, weshalb er sich aus dem Geschäft zurückgezogen hatte. Es widerspräche einfach seiner Ethik, Leute zu bescheißen. Und gerade das Bescheißen wäre mittlerweile ein fundamentaler Bestandteil moderner Geschäftsmethoden.
„Der Nachteil der freien Marktwirtschaft“, stellte Siegfried fest. „Man muss billiger anbieten, als die Konkurrenz, sonst kriegt man den Auftrag nicht, aber man muss andererseits auf seine Kosten kommen. Wie macht man das? Man bietet billig an und verrechnet dann mehr, also bescheißt den Kunden. Da gibt’s sie-

benundneunzig Tricks, wie das geht. Und alle stinken mir! Deshalb bin ich meiner kranken Pumpe sogar ganz dankbar, dass ich nicht mehr in der Wirtschaft mitmischen muss."

Sie hatten sich ans Westufer des Sees zurückgezogen, unter die überhängenden Bäume, um vor der Sonne geschützt zu sein. Jetzt lagen sie lang ausgestreckt auf den Bodenplanken und sahen ins Laub über sich hinauf.

Da hörten sie plötzlich eine Stimme: „Okay, Sie haben mich."

„War das der Jerry?", flüsterte Siegfried, stand auf und setzte sich an die Ruder. „Glaube schon", sagte Sabine.

Siegfried ruderte das Boot leise aus den Zweigen am Ufer heraus. Als er offenes Wasser erreicht hatte, konnte er beobachten, was sich etwa dreißig Meter seitwärts abspielte.

Dort hatte Jerry sein Boot ebenfalls nahe ans Ufer gebracht. Um nicht von Siegfried entdeckt zu werden – immerhin hatte er ja versprochen, unsichtbar zu bleiben – lag sein Boot relativ gut versteckt unter dicht belaubten Bäumen. Da aber Jerry in seinem Pflichteifer die zu beschützende Person beobachten wollte, suchte er mit dem Fernglas das dichte Laub mit dem Blick zu durchdringen. Dabei war Jerry aufgestanden, sah angestrengt durch die Linsen und das Boot trieb ganz langsam gegen das Ufer zu.

Plötzlich fühlte Jerry, wie der Lauf einer Pistole zwischen seinen Schulterblättern gegen sein Rückgrat gepresst wurde. Er hob die Hände, ließ das Fernglas fallen und sagte laut: „Okay, Sie haben mich." Dabei arbeitete sein Hirn fieberhaft: Was hatte man ihm auf der Polizeischule über die Abwehr eines bewaffneten

Angreifers von hinten beigebracht?
Der Druck der Pistole verstärkte sich und Jerry war immer noch nicht eingefallen, wie der Verbrecher abgewehrt werden konnte. Deshalb rührte er sich nicht und wartete, was sein Kontrahent nun von ihm fordern würde.
Da sah er Siegfrieds Boot aus dem Laubwerk herauskommen. Siegfried und dessen Freundin sahen interessiert zu ihm herüber.
Und in diesem Augenblick fiel Jerry ein, was er zu tun hatte. Er wirbelte herum und griff nach der Hand, die die Waffe halten musste.
Es war aber keine Hand da. Jerrys Boot war gegen den abgebrochenen Ast einer Weide getrieben worden und der Aststumpf drückte nun auf seinen Rücken. Jerrys Abwehrgriff landete am Rest des abgebrochenen Astes, sein Boot wurde durch die abrupte Drehung Jerrys weg getrieben und Jerry war im Moment so überrascht, dass er den Ast fest umklammert hielt, anstatt ihn loszulassen. Als er bemerkte, dass das Boot unter seinen Füssen davon trieb, war es schon zu spät. Immer noch mit einer Hand den Ast der Weide umfassend, wurde Jerry aus dem Boot gezogen. Er griff noch mit der zweiten Hand zu, aber dann brach der noch übrige, dürre, bereits etwas morsche Teil des Astes einfach ab und Jerry landete im See.
Das Wasser war saukalt!
Als er wieder an die Oberfläche kam und Wasser spuckte, schmerzte aber die Kälte des Sees weniger als das Gelächter, das als meckerndes „Hehehe“ von Siegfried und silberhell von dessen Freundin übers Wasser klang.

Patschnass kam Jerry in sein Quartier zurück und bemühte sich, Angel, der Tochter des Hauses, nicht über den Weg zu laufen.

Er hatte ein günstiges Privatzimmer gefunden. Am Abend zuvor. Der Gasthof Steinlechner, wo er zuerst nachgefragt hatte, wäre zwar auch nicht übel gewesen, aber das Privatzimmer bei der Familie Kaspar war billiger. Und Jerry, gewohnt immer nach der Vorschrift zu handeln, entschied sich für das billigere Zimmer, weil es ja immerhin um Spesen ging und er laut Dienstvertrag dazu angehalten war, solche in möglichst bescheidenem Rahmen zu halten.

Dass Familie Kaspar eine Tochter hatte, fand Jerry rasch heraus. Die Angelika Kaspar war ein frisches, etwas fülliges Mädel um die zwanzig und, abgesehen von ihrem leichten Übergewicht, durchaus beachtenswert. Jedenfalls schien es Jerry so, der seine Claudia vermisste und nicht abgeneigt gewesen wäre, sich anderweitig zu trösten.

Nachdem Jerry immerhin bereits die Erfahrung gemacht hatte, dass Privatdetektive auf junge Mädel Eindruck machen, sofern man ihnen klarmachen kann, dass wirkliche Privatdetektive sogar noch interessanter sind, als zum Beispiel der Herr Matula in der Serie „Ein Fall für zwei". Deshalb spielte Jerry gleich beim ersten Zusammentreffen mit Angel Kaspar (denn natürlich bestand sie darauf, dass ihr Vornahme englisch auszusprechen sei) mit den Handschellen herum, die er im Auto mit sich führte.

Angel sah es natürlich und kam interessiert näher.

„Ah, so einer sind Sie?", fragte sie kokett.

„Jawohl!", sagte Jerry. „Braun und Partner."

„Ein' Partner brauchen S'?", fragte Angel und verzog das Gesicht. „Net a Partnerin?"

Jerry war leicht verwirrt. „Ich arbeite für Braun und Partner", sagte er. „Das ist eine private Detektei."
Angel blieb der Mund offen. „Sie sind ein Privatdetektiv? Ich hab geglaubt, die Fesseln brauchen S' für Spielchen! Im Bett!"
Jerry lachte. „Die Handbrezen sind echt", sagte er. „Wenn ich ein' Spitzbuben festnehmen muss."
„Schade", sagte Angel. „Net, dass Sie kein' Partner brauchen, das is schon okay. Aber dass Sie keine Spielchen machen, mit dem da."
Jerry wurde hellhörig. „Ah so? Hätten Sie vielleicht mitspielen wollen?", fragte er neckisch.
Angel zuckte die Schultern. „Vielleicht. Aber Sie machen das ja net."
„Ich hab's zwar bisher net g'macht", gestand Jerry. „Aber ausprobieren muss man alles."
Angel wurde rot im Gesicht. „Na ja", sagte sie. „Bei Gelegenheit einmal, ja?"
Jerry hüpfte das Herz vor Vergnügen. Grad erst angekommen, und schon ein Abenteuer in Aussicht!
Deshalb wäre es ihm jetzt, nach dem unfreiwilligen Bad im kalten See, etwas peinlich gewesen, auf die Angelika zu treffen.
Als er sich heimlich in sein Zimmer verdrücken wollte, kam ihm Angel auf der Stiege zum ersten Stock entgegen.
„Ui, Sie sind ja nass", stellte sie fest. „Was is denn passiert?"
„Kleine Auseinandersetzung mit ein' Bankräuber g'habt", log Jerry. „Er ist mir durch'n See davon."
„Haben S' die Handschellen net mit g'habt?", fragte Angel.
„Sind im Auto gelegen", gestand Jerry, was auch den Tatsachen entsprach.

„Jetzt haben Sie's auch im Auto?" Jerry nickte. Und dann fiel ihm der Blick des Mädels auf. Es sah ihn so herausfordernd an.
„Wollen Sie's einmal probieren?", fragte er deshalb. Und sofort nickte Angel.
Als Jerry noch einmal hinunter stieg, um die Handschellen zu holen, überlegte er fieberhaft: War das, worauf er im Begriff war, sich einzulassen, auch erlaubt? Im Geist ging er seinen Dienstvertrag durch, fand aber nichts, das ihm verboten hätte, einem feschen, jungen Mädel zu ermöglichen, das Gefühl auszuprobieren, wie es ist, wenn man Handschellen trägt. Angel war auf alle Fälle alt genug, sein Dienstvertrag erwähnte nicht, dass er in seiner Freizeit nicht mit feschen Mädels machen konnte, was ihm beliebte, na und wenn es dem Mädel auch beliebte, dann sprach nichts dagegen.
Angel wartete bereits vor dem Gästezimmer, das Jerry bewohnte. Er schloss auf und forderte sie auf, einzutreten.
Im Zimmer streckte ihm das Mädchen sofort beide Hände entgegen und Jerry ließ die Handschellen klicken.
„I bin unschuldig", sagte Angel. Jerry erschrak. War das Mädel tatsächlich noch Jungfrau? Aber Angel dürfte sein Zögern bemerkt haben, denn sie verbesserte sich sofort: „I mein', i hab nix böses g'macht", sagte sie.
Streng sagte Jerry: „Das wird sich bei der Verhandlung herausstellen!"
„Hoffentlich", seufzte Angel und küsste den Jerry, nachdem sie ihre gefesselten Arme über seinen Kopf um seinen Nacken gelegt hatte.
„Hab gar net g'wusst, dass Handbrezen derart stimulieren", stellte Jerry fest. Aber dann konnte er nichts mehr weiter sagen, denn dann zog ihn die Angel mit

den Handschellen aufs Bett.
Dass er nicht einmal die Tür abgesperrt hatte, wurde Jerry erst zwanzig Minuten später bewusst. Und in diesen zwanzig Minuten hatte Angel bewiesen, dass ein Mädel auch mit gefesselten Händen einem jungen Mann ganz schön einheizen kann...
Jedenfalls waren mittlerweile Angels Eltern, die auf dem Feld gearbeitet hatten, heimgekehrt und Angel fürchtete, beim Verlassen von Jerrys Zimmer entdeckt werden zu können. Ihre Eltern hatten ihr nämlich allzu intimen Umgang mit Feriengästen verboten.
Jerry bot seine Hilfe an. Er ging hinunter und verwickelte das Ehepaar Kaspar in ein Gespräch, das sich um günstige Menüs in nahen Gasthöfen drehte. Mittlerweile schlüpfte Angel aus Jerry Zimmer und wartete anschließend auf ihn bei Jerrys altem Golf.
Als Jerry zu seinem Auto kam, zeigte Angel ihre Dankbarkeit für das Ablenkungsmanöver, indem sie den Jerry nochmals umarmte und abküsste. Und da sie diesmal keine Handschellen trug, wurde die Angelegenheit nochmals recht intensiv.
„Du Hundviech! Lass mei' Freundin in Ruh!“, brüllte plötzlich jemand hinter Jerry. Und als dieser Angel losließ und sich umdrehte, landete eine Faust auf seiner Nase.
Die Faust gehörte einem Burschen, der den typisch älplerischen Namen Kevin trug, der Gegend angemessen im Winter Skilehrer und im Sommer Kellner war und überdies seit zwei Jahren Angels fester Freund. Und von diesem bezog Jerry nun eine nicht unbeträchtliche Zahl weiterer Schläge, sowohl mit der Faust als auch mit der flachen Hand, so dass man das ganze mit Fug und Recht als eine gehörige Tracht Prügel bezeichnen konnte.

Jerry versuchte zuerst, sich zu wehren. Aber gegen diesen Burschen, der in einigen Wirtshausraufereien eine Menge Erfahrung gesammelt hatte, kam er nicht an. Überdies war Angel geflüchtet, konnte ihn deshalb hinterher nicht damit aufziehen und so beschränkte sich Jerry auf eine halbherzige Verteidigung, wobei er hauptsächlich danach trachtete, seiner Nase möglichst Deckung hinter seinen Unterarmen zu verschaffen. Natürlich ging der Sieg nach Punkten an den Skilehrer.
Diese Prügel hatten zwei Folgen: Erstens blutete Jerrys Nase einige Minuten lang recht heftig und zweitens gab Jerry das Zimmer bei Familie Kaspar am nächsten Morgen auf. Er hatte nicht die Absicht, nochmals mit dem Rüpel Kevin zusammenzutreffen und möglicherweise eine Neuauflage dessen Spezialbehandlung für unliebsame Städter zu konsumieren.
Jerry zog in den Gasthof Steinlechner und beschloss, dem Chef, Herrn Braun, ganz gegen seine Natur die unrichtige Tatsache mitzuteilen, dass das günstige Privatzimmer leider nicht länger verfügbar gewesen wäre.

8. Kapitel

Höhlenbewohner, ein Unwetter und Sabine muss gerettet werden

Mit der Konsumation des so komplizierten Gerichtes „Räubergulasch“ war Siegfrieds Bedürfnis nach Lagerfeuerromantik noch keineswegs erschöpft, denn auf einer kleinen Wanderung durch ein namenloses Seitental, dessen kurzer, nur wenig Wasser führender Bachlauf direkt in den See mündende, fand Siegfried am Hang, hinter Gebüsch versteckt, eine Höhle.
„Schau einmal, Sabine“, rief er. „Da hätten wir das Räubergulasch kochen sollen!“
„Warum? Die Lichtung im Wald war doch ganz in Ordnung“, meinte Sabine.
„Schon. Aber die Höhle wäre eine erstklassige Räuberunterkunft. Das wär’ fast so gewesen, wie wenn der Räuber zu Haus vor seiner Höhle verköstigt wird. Sozusagen Feierabend zu Hause und Räuberliebchen kocht was Gutes. Nur Fernsehen gibt’s halt nicht, aber die viele Werbung hängt mir eh zum Hals raus.“
„Na, war’s halt kein Abendessen zu Haus, sondern ein Biwak unterwegs auf einem Raubzug“, tröstete Sabine und sie gingen weiter.
„Was meinst? Sollen wir in der Höhle einmal übernachten?“, fragte Siegfried, nachdem sie bereits fast einen halben Kilometer weitergegangen waren.
Sabine blieb stehen. „Was fasziniert dich so an einem Loch in der Natur?“, fragte sie verwundert.
„Das Geheimnisvolle“, gestand Siegfried. „Wer weiß, wie tief es da in den Berg rein geht? Vielleicht sind da

Schätze versteckt. Von anderen Räubern. Komm, gehen wir zurück und erforschen die Höhle!"
Sabine lächelte. „Hast du als Kind ‚Tom Sawyer' gelesen?"
Siegfried fühlte sich durchschaut und grinste breit: „Klar hab ich das. Ich wette, dem Indianer Joe sein Schatz ist dort drin! Komm, Huckleberry, lass uns zurück geh'n!"
„Huckleberry?", fragte Sabine. „Nicht Becky Thatcher?"
Daraufhin umarmte Siegfried seine Sabine, küsste sie und sagte dann. „Hast Recht, du bist Becky. Den Huck hätt' ich nämlich nicht abgeschmust."
„Wir kommen noch einmal her", versprach Sabine. „Wenn's dir so viel Spaß macht."
Auf dem weiteren Weg schwärmte Siegfried noch mehrmals von einer Übernachtung in der Höhle. Man könne im Dorf Luftmatratzen besorgen und abends ganz heimlich vom Hotel verduften. Das müsse doch der Überhammer an Romantik sein! Und so lang sprach er davon, dass Sabine schließlich zustimmte. Na schön, dann würde Siegfried wenigstens in der nächsten Nacht das gute Bett im Hotel mehr genießen.
Siegfried war glücklich, was beweist, dass man mit über fünfzig tatsächlich noch Phasen hat, die bemerkenswert pubertäre Züge aufweisen.
Jedenfalls fuhr Siegfried am Nachmittag in den Ort und besorgte einige Dinge, die ein Räuber in seiner Höhle unbedingt braucht: Zwei Luftmatratzen, zwei Taschenlampen, eine Thermosflasche, Becher, eine Flasche Blaufränkisch und beim Fleischer im Dorf ließ er sich eine Platte mit Sandwichs herrichten, denn ein Räuber muss ja auf seine Ernährung achten, wenn er erfolgreich sein will. Sabine bekam all diese Dinge gar

nicht zu Gesicht, denn ein Räuberhauptmann ist für das Wohl seiner Untergebenen schließlich allein verantwortlich.
Deshalb verzichtete man auf ein Abendessen im Hotel, blieb noch bis gegen halb zehn Uhr abends an der Bar und brach dann auf.
Schon der Marsch am See entlang zum Seitental erwies sich als abenteuerlich. Die Beleuchtung der Uferpromenade endete nach einem Kilometer und im Dunkel tasteten sie sich weiter. Nur hin und wieder ließ Siegfried seine Taschenlampe aufblitzen.
Es war tatsächlich stockfinster. Der Himmel hatte sich überzogen, Sterne waren nicht zu sehen und manchmal glaubte Sabine, so etwas wie ein fernes Wetterleuchten zu bemerken.
„Siegfried, sollen wir die Räubernacht nicht verschieben?“, fragte sie. „Da dürfte ein Gewitter kommen.“
„Räuber fürchten sich vor ein paar Tropfen Regen nicht“, behauptete Siegfried. „Außerdem haben wir eine schöne, trockene Höhle!“
„Na, wie du glaubst. Aber wenn dich ein Blitz erschlägt, gib nicht mir die Schuld“, warnte Sabine.
Als sie die Höhle erreichten, donnerte es bereits.
„Umso besser“, freute sich Siegfried. „Bei Gewitter sind die Gendarmen nicht unterwegs. Da sind wir vollkommen sicher.“
Es stellte sich heraus, dass es doch besser gewesen wäre, wenn sie die Höhle noch bei Tageslicht einer ersten Untersuchung unterzogen hätten, denn es war nicht sehr sauber dort. Offenbar hatten Wanderer die Grotte in Ermangelung einer öffentlichen Bedürfnisanstalt im Wald als eine solche benützt. Sabine hatte gute zwanzig Minuten zu arbeiten, um die wenig appetitlichen Hinterlassenschaften, die sie dort vorfanden, zu besei-

tigen und Siegfried war voll der Bewunderung für Sabine, die solche Schwierigkeiten offenbar vorausgesehen und sich sogar mit Gummihandschuhen, die von der Putzfrau des Hotels stammten, ausgestattet hatte. Schließlich war der Boden der Höhle einigermaßen begeh- und benutzbar und Siegfried konnte die Luftmatratzen aufblasen.
In einer Nische der Höhle, ungefähr fünfzehn Meter vom Eingang entfernt, wurden die Gummimatratzen aufgelegt, wobei es schwierig war, eine einigermaßen ebene Fläche auf dem Boden der Höhle zu finden, denn der Boden sank vom Höhleneinganz zum Inneren der Grotte ständig ab. Die inneren, tiefer gelegenen Teile der Höhle hatten sie gar nicht erkundet.
Draußen donnerte es immer öfter und das Gewitter kam anscheinend immer näher. Nachdem sie es dann auf ihren Luftmatratzen ganz gemütlich hatten, packte Siegfried die belegten Brötchen aus und entkorkte die Flasche mit dem Rotwein.
Obwohl man aus Pappbechern trank, büßte der Blaufränkisch nichts von seiner Qualität ein, was Siegfried zu der Vermutung veranlasste, dass es eine Absprache zwischen den Kellereien und der Glasindustrie geben müsse, wenn es hieß, dass nur bestimmte Gläser das Aroma bestimmter Weine unbeeinflusst lassen würden.
Dann kam der Regen und er kam in ganz beachtlicher Intensität.
Es blitzte ununterbrochen, das Gewitter entwickelte sich zu einem veritablen Unwetter und Sabine wurde nervös.
Was, wenn der kleine Bach die Wassermassen, die da vom Himmel fielen, nicht bewältigen würde? Die Höhle war zwar am Hang, aber doch nur etwa drei Meter über dem Bach.

Siegfried versuchte, sie zu beruhigen. Wenn ein Wetter so heftig wäre, würde es rasch vorübergehen, versicherte er und goss Sabine Wein nach.
Sabine wurde immer ängstlicher. Siegfried legte ihr den Arm um die Schultern und es machte ihm unheimlichen Spaß, dass Sabine, die sonst so selbstsicher war, auf einmal eine kleine, menschliche Schwäche zeigte, nämlich die Angst vor dem Unwetter. Er riss ein paar alte Witze, um Sabine abzulenken, aber es gelang ihm nicht so recht, sie aufzuheitern.
Schließlich, als es nach einer Weile immer noch keine Anzeichen gab, dass der strömende Regen nachlassen würde, schlug Siegfried vor, schlafen zu gehen. Es wäre so beruhigend, den Regen vor dem Höhleneingang rauschen zu hören, behauptete er.
Also legten sich beide auf die Luftmatratzen und Siegfried löschte die Taschenlampen, die bisher als Beleuchtung gedient hatten. Die Finsternis war daraufhin beinahe greifbar.
Immerhin donnerte es nicht mehr so häufig und so laut. Das Geräusch des strömenden Regens schläferte Siegfried tatsächlich ein und als das Gewitter endlich doch nachließ, schlief Siegfried wie ein Bär im Winter und auch Sabine wurde etwas ruhiger.
Aber das Abenteuer hatte noch gar nicht angefangen…

Während Sabine und Siegfried unterwegs zur Höhle waren, schlich Matthias unentschlossen um das Hotel Gruber.
Er hatte mittlerweile herausgekriegt, wo sein Vater logierte. Nur fünf Hotels hatte er abklappern müssen,

dann hatte ihm die Dame an der Rezeption des Hotels Gruber gesagt: „Ja, Herr Ingenieur Kratky wohnt bei uns."
Den ganzen Tag hatte er um das Hotel herum spioniert, und jetzt wusste er auch, wo das Zimmer seines Vaters war. Es hatte eine Tür zu einem Gemeinschaftsbalkon im ersten Stock, der sich, dem Baustil der Gegend entsprechend, über die ganze Fassade zog. Da musste man doch, verdammt noch einmal, ins Zimmer kommen und dem Siegfried ein Messer zwischen die Rippen stoßen können!
Als es zu donnern begann, stand Matthias' Entschluss fest. Das Wetter passte hervorragend zu einem Mordanschlag! Gab es nicht auch in den Kriminalfilmen so oft diese Mordszenen bei Gewitter?
Die Terrasse des Hotels war beleuchtet, aber Matthias stand im Schatten eines Strauches und beobachtete das Hotel und die Terrasse, die erst noch von Gästen bevölkert war, die ihr Abendessen zu sich nahmen, sich aber bald leerte. Seinen Vater konnte er nicht entdecken. Der mochte sich wohl bereits mit seiner neuen Freundin zurückgezogen haben.
Um zweiundzwanzig Uhr wurde die Beleuchtung der Cafeterrasse abgeschaltet und das Hotel lag in der Dunkelheit. Im ersten Stock waren zwar die Türen zu vier Zimmern erleuchtet, aber die lagen an der von Siegfrieds Zimmer abgewandten Seite. Matthias wartete noch etwa zwanzig Minuten, dann kletterte er entlang der Regenrinne auf den Balkon.
Das Zimmer seines Vaters war das zweite von der linken Seite des Balkons. Matthias schlich hin und bemerkte im Vorüberhuschen, dass die Vorhänge des ersten Zimmers zugezogen waren. Gut so!
Die Balkontür zum Zimmer seines Vaters war ver-

schlossen. Matthias versuchte, die Tür auszuhebeln. Zu diesem Zweck hatte er einen überdimensionalen Schraubenzieher mitgenommen.
Aber die Tür ließ sich nicht bewegen. Die Stelle, wo er den Hebel ansetzen konnte, war zu klein. Mit dem Schraubenzieher kam er nicht in den Spalt zwischen Tür und Türrahmen.
Nach etwa zehn Minuten, immer in der Angst, von einem Hotelgast, der auf den Balkon treten mochte, entdeckt zu werden, hatte Matthias den Beschlag des Türrahmens verbogen, aber er war keinen Deut weiter gekommen. Die Tür widerstand allen seiner Versuche.
Dann zerriss ein gewaltiger Blitz die Nacht und im Schein dieses Blitzes sah Matthias durch die Glasscheibe der Tür, dass das Bett unbenutzt war. Sein Vater war gar nicht im Zimmer! Genau gleichzeitig mit dieser Erkenntnis gab es einen fürchterlichen Donnerschlag. Der Blitz, der Matthias die Situation im Zimmer klar gemacht hatte, war in den Blitzableiter auf dem Dach gefahren. Und ebenfalls gleichzeitig begann der Regen. Und zwar in einer Intensität, als hätte man einen Staudamm im Himmel gesprengt.
Matthias bemerkte, dass auf der anderen Seite des Balkons eine Tür geöffnet wurde. Ein Hotelgast wollte Nachschau halten, ob der Blitzschlag nicht das Dach weggerissen hätte.
Matthias schwang sich über das Geländer am Ende des Balkons, um nicht entdeckt zu werden. Da stand er jetzt, sich am Geländer festhaltend, mit den Zehen auf dem letzten Stückchen Balkonboden und war dem strömenden Regen, den der Wind schräg gegen den Balkon peitschte, voll ausgesetzt. In nicht einmal einer Minute war Matthias völlig durchnässt.
Der Mann, der Nachschau gehalten hatte, rief nun sei-

ne Frau. Es dürfte sich um einen Feriengast aus dem Norden Deutschlands gehandelt haben, denn er rief: „Heike, komm doch mal! So 'n Scheißwetter haste noch nich gesehen!"
Und Heike kam, stellte sich neben ihren Mann und gemeinsam sahen die beiden in den strömenden Regen, wobei der Mann Kommentare abgab, die keinen Zweifel daran ließen, dass ein solches Unwetter im heimatlichen Norden einfach behördlich verboten und nur in den unterentwickelten Alpengegenden mit ihren primitiven Bewohnern möglich wäre.
Die Blitze konzentrierten sich jetzt auf die Gegend der Eulenspitze und man konnte das Schauspiel vom Balkon aus gut beobachten. Offenbar stellte diese Wetterbeobachtung für das Gästepaar eine kurzweilige Unterhaltung dar, denn gut zehn Minuten lang standen sie da und sahen zu. Bei jedem Donnerschlag zitierte der Mann Wilhelm Busch: „Rums, da ging die Pfeife los!" Zweifellos hatte er Humor.
Und Matthias hing außen am Balkon und wäre in den Regenfluten fast ersoffen.
Endlich hatten die beiden genug Gewitter beobachtet und zogen sich in ihr Zimmer zurück. Matthias konnte sich an den Abstieg vom Balkon machen, was mit seinen nassen, klammen Händen gar nicht so einfach war. Als er die Hälfte der senkrechten Strecke zum Boden geschafft hatte, rutschte seine nasse Hand, die die Regenrinne umklammerte, ab und Matthias knallte ins Gras unterhalb des Balkons.
Aber da der Regen das Erdreich bereits aufgeweicht hatte, verlief der Aufschlag auf der schon recht schlammigen Erde relativ glimpflich.

Ein vergleichbares Schicksal erlitt Jerry.
Dieser hatte sich einen Beobachtungsposten etwa fünfzig Meter vom Hotel entfernt eingerichtet. Pflichtbewusst, wie er nun einmal war, hatte er sich vorgenommen, Kratky wenigstens so lange zu bewachen, bis er zu Bett gegangen war. Aus diesem Grund saß er nun seitwärts vom Hotel Gruber an der Wand eines Schuppens, der einem Bauern gehörte, der direkt neben dem Hotel seinen Hof hatte, unter anderem Gemüse in einem Glashaus anbaute und aus unerfindlichen Gründen darauf schwor, dass Regenwasser als Bewässerung seiner Gemüsebeete unübertrefflich wäre.
Er hatte deshalb neben dem Schuppen, an dessen Wand Jerry seinen Pflichten oblag, eine großes, hölzernes Fass aufgestellt und leitete das Regenwasser vom Dach des Schuppens in dieses Fass, um den Inhalt desselben zum Gießen seiner Kohlköpfe zu benutzen.
Allerdings wies das Fass bereits ein ehrwürdiges Alter auf und die morschen Dauben des Gefäßes waren auch nicht mehr dicht, weshalb es neben dem Rinderstall ein zweites Auffangbecken für den so geschätzten Regen gab und das Holzfass neben dem Schuppen mehr oder weniger in Vergessenheit geraten war.
Jerry lehnte an diesem Fass, das sich unterhalb des Dachvorsprungs des Schuppens befand und in das die Regenrinnen des Schuppens mündeten.
Auch Jerry kannte die Balkontür seines Schutzbefohlenen und von seinem Platz am Regenfass hatte er einen guten Ausblick auf diese Tür. Er sagte sich, dass ein Angriff auf Siegfried wohl durch diese Tür würde erfolgen und beobachtete sie den ganzen Abend hindurch.
Er wurde auch nicht stutzig, als sich Siegfried und Sabine nicht zum Abendessen auf der Terrasse einfanden,

denn er konnte gut verstehen, dass Siegfried in Anbetracht seiner Begleitung noch anderes im Sinn haben würde, als sich den Bauch voll zu schlagen.
Als das Gewitter losbrach, beschloss Jerry, seinen Beobachtungsposten aufzugeben. Wenn Siegfried die Balkontür geschlossen lassen würde, konnte ihm jetzt eigentlich nichts mehr passieren.
Aber der Regen war derart stark, dass Jerry patschnass geworden wäre, hätte er jetzt seinen Platz unter dem Dachvorsprung verlassen und wäre durch den Regen zu seinem Auto gerannt. Also beschloss er, wenigstens den stärksten Regenguss noch abzuwarten.
Der Starkregen ließ sehr lange nicht nach. Offenbar hatte sich die Gewitterzelle, die sich über Sankt Rupert austobte, hier im Tal festgesetzt. Die Regenrinnen konnten die Wasserfluten kaum aufnehmen und das Fass, an dem Jerry lehnte, füllte sich zusehends. Jerry konnte den Wasserstand im Fass daraus ablesen, dass es zwischen den morschen Dauben aus immer größerer Höhe heraustropfte und er wartete amüsiert darauf, dass das Wasser über den Rand des Fasses schwappen würde.
Dazu kam es aber gar nicht mehr.
Als das Regenwasser im Fass den Rand beinahe erreicht hatte, brachen die morschen Dauben unter dem Druck der Belastung, eine gute Tonne Regenwasser goss sich auf Jerry und spülte ihn weg. Aus der Deckung des Dachvorsprunges schwemmte ihn die Flut hinaus in die Wiese, die bereits eher einem Sumpf als einer Weidefläche glich. Und wenn nur etwas mehr Wasser im Fass gewesen wäre, hätte es Jerry auch noch in den See gespült.
Das hätte aber bereits wenig Unterschied gemacht.
So kam es, dass schließlich Verfolgter und Verfolger

sich patschnass und voller Dreck in schöner Eintracht vom Schauplatz des misslungenen Mordanschlages auf Siegfried entfernten, ohne voneinander zu wissen.

Nach Mitternacht war das Gewitter endlich vorüber, es regnete aber immer noch sehr heftig. In der Räuberhöhle schlief Siegfried den Schlaf des Gerechten und auch Sabine hatte sich beruhigt und war auf ihrer Luftmatratze eingeschlummert. Beide bemerkten nicht, dass an der Höhlenwand Wasser herabrieselte.
Oberhalb der Höhle hatte sich eine Mulde im Waldboden mit Regenwasser gefüllt und durch Risse im Kalkstein gelangte das Wasser in die Grotte. Erst tröpfelte es nur, dann floss ein dünnes „Bächlein" die Höhlenwand herab, dann ein größerer Bach und schließlich ein ganz ansehnlicher Fluss.
Die Höhle füllte sich mit Wasser.
An der ebenen Stelle, an der Siegfried und Sabine ihre Luftmatratzen ausgelegt hatten, stieg das Wasser in einer halben Stunde auf einen Pegelstand von etwa zwanzig Zentimeter, denn ein kleiner, natürlicher Erdwall hinderte das Regenwasser daran, weiter ins Innere der Höhle abzufließen.
Die Luftmatratzen von Siegfried und Sabine waren voll aufgeblasen und schwammen nach kurzer Zeit, die Schläfer aber bemerkten nichts davon. Erst als das Wasser so hoch stand, dass dessen Gewicht den kleinen, sperrenden Erdwall einfach wegspülte und ins Höhleninnere abfloss, wurde Sabine durch die Bewegung ihrer Luftmatratze wach.
Es war stockfinster, vor der Höhle rauschte noch immer der Regen, der zwar schwächer geworden war,

aber immer noch recht intensiv – und um sich her hörte Sabine Wasser rauschen und die Luftmatratze schaukelte. Da geriet sie in Panik.
Siegfried wurde durch ihren Schrei geweckt. „Siegfried, hilf mir!"
Schlagartig war Siegfried wach. Er tastete nach der Taschenlampe und fühlte Nässe. Da sprang er von der Luftmatratze auf und es platschte, als er in das nun nur mehr etwa zehn Zentimeter hohe Wasser trat. Natürlich erschrak er furchtbar, rutschte auf dem überfluteten Höhlenboden aus und legte sich der Länge nach in den flachen See, der sich in der Höhle gebildet hatte.
Sabine rief nochmals und Siegfried sucht verzweifelt nach seiner Taschenlampe, konnte das blöde Ding aber nicht finden. „Verflucht noch einmal, ich brauch Licht!", rief er.
Das brachte Sabine soweit zur Besinnung, dass sie nach ihrer eigenen Taschenlampe tastete, die sie glücklicherweise in der Tasche ihrer Jeanshose hatte. Die Lampe war kaum nass geworden und funktionierte.
Deshalb sah Siegfried seine Sabine plötzlich, die etwa zehn Meter entfernt, im Hintergrund der Höhle, auf ihrer Luftmatratze lag, die an einem kleinen Felsvorsprung hängen geblieben war. Um ihre Matratze her strömte das Wasser gurgelnd ins tiefer gelegene Innere der Höhle.
Sofort startete Siegfried seine Rettungsaktion. Er eilte auf das Licht zu, stolperte, fing sich wieder und nach wenigen Sekunden war er bei ihr.
„Sabine! Geht's dir gut?"
„Ja, nur erschrocken", sagte sie.
„Beinahe wärst du weggespült worden", jammerte Siegfried. „Das ist keine Räuberhöhle, sondern eine ganz verfluchte Horrorgrotte! Komm, zurück ins Ho-

tel. Wir brauchen eine warme Dusche!"
Zehn Minuten später waren Sabine und Siegfried im Regen unterwegs zum Hotel. Obwohl es nicht mehr so stark regnete, wurden beide bis auf die Haut nass dabei, zumal sie langsam vorankamen, weil sie nur mehr eine einzige Taschenlampe hatten. Siegfried hatte die seine nicht mehr finden können.
So endete die Aktion Räuberhöhle mit einer ausgiebigen heißen Dusche und dann kuschelten Siegfried und Sabine sich aneinander, um das unangenehme Gefühl, das der kalte Regen bei ihnen hervorgerufen hatte, durch Körperwärme zu bekämpfen.
Und in der Höhle im Seitental, das zum See bei Sankt Rupert führt, warten noch immer zwei Luftmatratzen und eine Taschenlampe auf ihre Entdeckung durch künftige Höhlenforscher.

9. Kapitel

Matthias bezieht Prügel und schlägt sich mit Wespen herum

Für Matthias kam es jetzt darauf an, die Pläne seines Vaters herauszufinden, um ihm an passender Stelle einen Hinterhalt legen zu können. Das war gar nicht so einfach und kostete Matthias viel Mühe. Heute früh endlich hatte er Glück.

Versteckt im Gebüsch zwischen der Cafeterrasse des Hotels und der Zufahrt zu den Garagen konnte er seinen Vater und dessen Freundin beim sehr späten Frühstück am nächsten Tag belauschen. Sabine schlug einen Ausflug auf die Gamskaralm vor. Den bequemeren Weg über die Kaltenbachmühle. Oben, auf der Schutzhütte der Alm, würden sie zu Mittag essen.

Diese Information genügte Matthias. Er schlich sich aus dem Gebüsch, galoppierte zu seinem Mietwagen und fuhr ins Zentrum des Ortes Sankt Rupert, wo er sich eine Wanderkarte der Gegend besorgte.

Dann hastete Matthias den Weg zur Kaltenbachmühle entlang und als er diese erreicht hatte, jenen zur Gamskaralm. Der Weg führte an mehreren Bergbauerngehöften vorüber und keine Stelle am Weg schien Matthias geeignet, aus der Deckung des Waldes heraus einen Schuss auf seinen Vater abzugeben. Ideal wäre ein möglichst einsamer Platz, weit von den Gehöften entfernt, gewesen, aber Matthias fand keinen. Schließlich entschied er sich für einen Platz, der doch einen halben Kilometer vom nächsten Bauernhof entfernt war und gute Deckung bot. Dort überprüfte er noch-

mals seine „Glock“ und legte sich ins Hohe Gras am Waldrand.
Eine halbe Stunde mochte er so gelegen haben, da näherte sich – nein, nicht sein Vater, sondern eine Kuh. Sie kam vom Gehöft und war völlig davon in Anspruch genommen, das schmackhafte Gras der Wiese zu sich zu nehmen. Matthias beschloss, das Viech einfach zu ignorieren.
Die Kuh allerdings beschloss leider nicht, den Matthias zu ignorieren, sondern sie kam immer näher und schnupperte schließlich an dem seltsamen Zweibeiner, der es wagte, da im guten Gras zu liegen und der ihr möglicherweise sogar etwas davon wegfressen würde. Dabei äußerte sie ihren Unmut durch ein vorwurfsvolles Muhen.
Das wiederum beunruhigte Matthias. Der wusste zwar, dass Kühe im Allgemeinen Gras und Heu fressen. Aber er fragte sich, ob es vielleicht Ausnahmen geben mochte. Dass er von Menschen fressenden Kühen noch nichts gehört hatte, bedeutete ja nicht zwingend, dass es solche nicht gab!
Also erhob sich Matthias und griff nach einem abgebrochenen Ast, um sich gegen das Vieh verteidigen zu können, denn auf die Kuh zu schießen, kam ihm natürlich nicht in den Sinn.
Das Muhen der zudringlichen Kuh hatte eine zweite herbeigelockt und Matthias fühlte sich noch unbehaglicher. Er begann, seinen Prügel gegen die beiden Viecher zu schwingen und hoffte, sie damit zu vertreiben. Der Effekt war ein noch ärgerlicheres Muhen der beiden Milchfabrikantinnen und das Erscheinen weiterer Exemplare derselben Spezies, unter die sich schließlich auch der Stier der Herde gesellte, offenbar um seinen „Mädels“ durch seine Anwesenheit die nötige Sicherheit zu geben.

Matthias ergriff die Flucht. Etwa zweihundert Meter entfernt stand ein Heustadel mit weit offenen Torflügeln. Zu diesem wandte sich Matthias und sah, dass das alte, aus dunklem Holz verfertigte Gebäude ein Obergeschoß hatte, in dem bereits Heu gelagert war. Eine Leiter stand als bequemer Zugang zum Obergeschoß bereit und Matthias, die Kühe hinter sich wissend, zu denen sich soeben auch der Stier gesellte, zögerte nicht, da hinaufzuklettern.

Da er nicht annahm, dass Kühe und vor allem Stiere auf Leitern klettern, fühlte er sich da oben einigermaßen sicher. Aber plötzlich tauchte etwa drei Meter vor ihm ein junges, weibliches Gesicht aus dem Heu auf. Die Augen des recht hübschen Gesichtchens waren weit aufgerissen und der Mund sagte ängstlich: „Seppl, da is wer!"

„Häh?", tönte es aus dem Heu. Dann raschelte es und ein männliches Gesicht tauchte auf. Allerdings wies der Ausdruck des männlichen Gesichts keinerlei Scheu auf, sondern etwas, das man als Missbilligung deuten konnte. „Verzupf di, aber schnell!", sagte das männliche Gesicht.

„Entschuldigung", sagte Matthias, „Ich wollt net stören, aber die Viecher da unten..."

„Welche Viecher? Du bist selber a Viech!", meinte Seppl nicht sehr freundlich. „Los! Abmarsch!"

„Dann tun S' die Viecher bitte weg", bat Matthias.

„Ja, freilich", meinte Seppl. „Wegen dir wird i mi' jetzt anzieh'n und die Küah verjagen! Schleich di'!"

„Aber der Stier", wandte Matthias ein.

„I leg dir glei' a paar auf, du Ochs", drohte Seppl. „Dann kannst dir aussuchen, vor wem du mehr Angst hast, vorm Stier oder vorm Seppl!" Und tatsächlich begann das nackerte Mannsbild sich aus dem Heu zu arbeiten.

Matthias flüchtete die Leiter hinunter. Aber da stand der Stier mit gesenkten Hörnern und Matthias wagte sich nicht bis ganz auf den Boden hinunter.
Oben raschelte es bedrohlich. Offenbar war Seppl damit beschäftigt, in seine Hosen zu schlüpfen um seine Watschen standesgemäß bekleidet loszuwerden. Matthias war in der Zwickmühle und überlegte fieberhaft, was denn vorzuziehen sei: Ein Stierhorn im Gekröse oder ein paar Watschen im Gesicht.
Er war noch zu keinem Entschluss gekommen, da kam der Seppl. Und mit ihm kamen auch die Watschen. Als Matthias seine vier bis fünf erhalten hatte, wusste er, dass das Gehörn eines Stieres im Bauch angenehmer sein musste, als der Bezug weiterer Seppl-Watschen. Also sprang er ganz auf den Boden herunter und legte einen Sprint zum Waldrand ein, am Stier vorbei, den Waldrand entlang, dann auf dem Wanderweg in Richtung auf das Dorf zu und erst nach einer gewaltigen Strecke kam er dahinter, dass weder der Stier noch der Seppl es der Mühe wert gehalten hatten, ihm nachzukommen.
Daraufhin blies der geschockte und verstörte Matthias seinen Mordanschlag für heute einmal sicherheitshalber ab.
Siegfried und Sabine passierten die Stelle, an der Matthias gelauert hatte, etwa drei Viertelstunden später. Aber da hatte der Seppl die Katrin bereits nach allen Regeln der Kunst vernascht und war hoch zufrieden wieder in der Käserei des Hofes tätig. Hoch zufrieden deshalb, weil er sowohl die Sache mit der Katrin im Heu als auch die Watschen, die der neugierige Städter abbekommen hatte, als höchst förderlich für sein seelisches Wohlbefinden einstufte.
Womit dieses Vorkommnis wieder einmal beweist, dass

die ländliche Bevölkerung ohne Besuche aus der Stadt wirklich zu bedauern wäre. Manchmal so ein paar hinter die Löffel eines primitiven Städters tragen eben unzweifelhaft zum Gedeihen der Landbewohner bei.

Am nächsten Tag ging Sabine vor dem Mittagessen schwimmen. Siegfried saß am Wasser, sah ihr zu und fröstelte bei dem Gedanken, dass der glasklare Bergsee keine sechzehn Grad warm war.
„Sabine, Schatz, komm raus! Du holst dir eine Lungenentzündung!“, mahnte er mehrmals. Aber Sabine fühlte sich in dem kalten Wasser offenbar pudelwohl.
„Erfrischend!“, rief sie zurück. „Komm doch auch rein!“
„Damit der Bernd sich freut? Deine bisherige Methode, mich umzubringen, ist mir wesentlich lieber.“
Sabine schwamm ans Ufer. „Hast deinen Freund immer noch im Verdacht?“, fragte sie befremdet, als sie sich abtrocknete.
„Klar. Du weißt natürlich nichts davon, aber ich bin überzeugt, er will mich unter der Erde sehn.“
„Na, dann werden wir halt besser aufpassen und einen Gang zurückschalten.“
„Kommt ja überhaupt nicht in Frage!“, protestierte Siegfried.
Mittag erhielt Sabine ein SMS, von dem sie Siegfried nichts sagte. Und am Nachmittag bat sie Siegfried um die Autoschlüssel und fuhr in den Ort, um sich etwas Sonnencreme zu besorgen, wie sie sagte.
Am Hauptplatz von Sankt Rupert parkte sie das Cabriolet vor der Kirche und rief von ihrem Handy Bernd an.

„Herr Rappold, ich hab ihr SMS gekriegt. Ich soll Sie anrufen."
„Ja. Danke für den Rückruf. Wie weit sind Sie mit Siegfried?"
„Läuft so. Aber ich werde noch etwas Zeit brauchen."
„Das dauert mir zu lang", sagte Bernd. „Langsam werde ich nervös."
„Warum denn? Es läuft alles, wie geplant."
„Aber zu langsam! Hören Sie, Sie wissen, da ist noch jemand anderer hinter dem Siegfried her. Vielleicht sollte ich warten, bis der Erfolg gehabt hat. Wäre wesentlich vernünftiger. Wer immer den Siegfried auch abmurkst, ich war's nicht und bin somit draußen."
„Und wenn's dem nicht gelingt?"
Bernd schwieg eine Weile. „Na ja", sagte er dann, „Das wäre natürlich bedauerlich."
„Dann geben Sie mir noch ein paar Tage", schlug Sabine vor.
„Schön", sagte Bernd. „Sie haben noch eine Woche. Wenn Siegfried bis nächsten Sonntag, vierundzwanzig Uhr, nicht ins Gras gebissen hat, ist unsere Abmachung hinfällig."
„Hinfällig!" Sabine schrie das beinahe ins Mobiltelefon. „Wo ich mir bisher so viel Mühe gegeben hab!"
„Dann geben Sie sich halt noch mehr Mühe während der nächsten Woche", schlug Bernd vor. „Tut mir Leid, aber es bleibt dabei. Eine Woche! Strengen Sie sich an!"
Und damit legte Bernd ohne Gruß plötzlich auf.
Sabine saß stocksteif hinter dem Steuer von Siegfrieds Cabriolet und war etwas bleich im Gesicht geworden. Dieser Rappold! Diese miese Ratte! Da hatte sie bereits so viel Zeit in die Sache investiert und plötzlich bekam dieses Schwein Fracksausen.

Gegenüber der Kirche auf dem Hauptplatz befand sich eine Boutique. „Damenbekleidung Kestlinger" stand über dem Schaufenster. Sabines Blick fiel auf das Geschäftslokal. Verdammt, so etwas wollte sie mit der Prämie selber aufziehen! Und jetzt sollte alles vorbei sein? All ihre Pläne von einem ruhigen, bürgerlichen Leben. Sie würde weiterhin das Callgirl bleiben, die Edelnutte, immer auf Abruf, wenn irgend so ein mieser, reicher Knochen es sich leisten konnte, ihre Dienste zu bezahlen. Dienste, die sie selber mittlerweile zum Kotzen fand!

Nein, das wollte sie nicht mehr! Sie würde die Sache forcieren müssen. Immerhin, eine Woche hatte sie ja noch Zeit. Vielleicht konnte man irgendwie nachhelfen?

Sabine stieg aus und sperrte den Wagen ab. Drüben, an der anderen Seite des Hauptplatzes war die Apotheke mit angeschlossener Parfümerie. Sabine ging hinüber und trat ein, um die Sonnencreme zu kaufen.

Aber vorher noch sah sie sich in dem Raum genau um. Was könnte man Siegfried in den morgendlichen Kaffee tun? Sie wusste ja nur, dass Siegfrieds Herz Probleme machte, aber sie wusste nicht, welche! Außerdem hatte Siegfried in all den Tagen, die sie jetzt zusammen waren, nie über irgendwelche Beschwerden geklagt.

Sabine nahm eine Schachtel mit einem Medikament zur Stabilisierung des Blutdrucks zur Hand und las den Werbetext, der versprach, den Blutdruck nachhaltig zu senken. Aber sie wusste ja nicht, wie es um Siegfrieds Blutdruck stand! Unschlüssig legte sie das Medikament zurück aufs Regal.

Da fiel ihr Blick auf den Ring an ihrem Finger. Den Brillantring von Siegfried. Den „Ehrenring für die zauberhafteste Mörderin der Kriminalgeschichte", wie er gesagt hatte.

Und plötzlich traten Sabine die Tränen in die Augen. Sie bemühte sich, die plötzliche Anwandlung zu unterdrücken – vergebens. Dieser Siegfried war ein verdammt feiner Pinkel! Nicht nur der Ring bewies ihr, dass Siegfried ihr die größte Wertschätzung entgegenbrachte. Wertschätzung als Mensch, nicht nur als Sexualobjekt!
Und dieser Siegfried, dieser liebe Kerl, der ein so exzellentes Räubergulasch zu produzieren imstande war, sollte ins Gras beißen, nur weil sie eine Boutique wollte?
Auf einmal kam sich Sabine furchtbar schäbig vor.
Sie holte sich die Sonnencreme, zahlte an der Kasse und flüchtete zurück in Siegfrieds Wagen. Da saß sie nun, in einem sündteueren Auto, das ihr Siegfried so selbstverständlich anvertraut hatte und hatte soeben nach einem Weg gesucht, diesem Siegfried, dem herzensguten Menschen, den Garaus zu machen.
Wieder fiel ihr Blick auf das Firmenschild „Damenbekleidung Kestlinger". Verflucht noch einmal! So etwas selber zu besitzen, das wäre schon was! Siegfried war ein netter Kerl, aber auch nette Kerle leben nicht ewig! Siegfried war über fünfzig und herzkrank. Da nahm sie ihm nicht viel Zeit weg, über kurz oder lang würde die Pumpe ohnehin streiken. Warum sollte sie sich die eigene Boutique versagen? Jeder ist sich selbst der Nächste! So ein eigenes Unternehmen würde ihr helfen, die unerfreuliche Zeit bei der Agentur zu vergessen und auch die alte Sache mit dem Arschloch Dominik, der ja die Schuld dran hatte, dass sie gezwungen war, als Callgirl zu arbeiten!
Andrerseits, was konnte Siegfried für Dominiks Verhalten? Möglicherweise hatte Siegfried noch zwanzig oder mehr Jahre vor sich und sein Verhalten ihr gegen-

über rechtfertigte es, dem guten Kerl nur das Beste zu wünschen.

Also, eine Überdosis Blutdrucktabletten im Frühstückskaffee war wohl nicht gerade das Beste...

Lange saß Sabine hinterm Lenkrad und grübelte. Dann entschloss sie sich zu einem Kompromiss: Sie würde weiter machen. Wenn Siegfried sich körperlich übernahm, hatte er Pech gehabt und sich die Folgen selber zuzuschreiben. Aber Sabine würde nichts unternehmen, um mit irgendwelchen chemischen, pharmazeutischen, oder anderen Mitteln nachzuhelfen. Und auch einen Unfall wollte sie nicht provozieren. Das zumindest war sie dem Stifter des Brillantringes schuldig!

Und wenn Siegfried tatsächlich alles überlebte? Nun, dann müssten die Damen der Gesellschaft halt woanders ihre Fetzen beziehen. Dann würde es die „Boutique Schuster" eben nicht geben.

Nachdem sie diesen Entschluss gefasst hatte, fühlte sich Sabine wesentlich wohler als vorher. Na, vielleicht kam eh alles ganz anders. Ersaufen würde Siegfried wohl nicht, weil ihm das Wasser des Sees zu kalt war.

Aber vielleicht stürzte er ja doch noch irgendwo ab.

Am Sonntag lag Matthias wieder im Gebüsch an der Frühstücksterrasse auf der Lauer und diesmal musste er ziemlich lang warten, bis Siegfried und Sabine erschienen. Dann aber erfuhr er, dass die beiden die Uferpromenade entlangzugehen beabsichtigten. Und zwar am Ostufer, um es am Vormittag dort im Schatten der Eulenspitze kühl zu haben.

Matthias galoppierte los. Etwa einen Kilometer vom Hotel entfernt, fand er eine gute Stelle für einen Hinterhalt.

Der Weg führte etwa vierzig Meter vom See entfernt durch ein kleines Wäldchen, dessen Laub gute Deckung bot. Matthias beabsichtigte, auf einen der Bäume zu klettern und von dort den Schuss anzubringen. Sein Vater würde keine zwanzig Meter entfernt sein und ihn auf so kurze Distanz zu verfehlen, war wohl ausgeschlossen.

Ein passender Baum war bald gefunden und etwa zweieinhalb Meter über dem Boden machte es sich Matthias in einer Astgabel bequem.

Dass er es sich bequem gemacht hatte, war ein weiser Entschluss gewesen, denn Siegfried und Sabine wurden auf ihrem Weg nach dem Ostufer leider aufgehalten. Und zwar durch eine primitive Holzbank, die am Wasser stand.

Es war ziemlich heiß an diesem Sonntag und den Weg bis zu der besagten Bank hatten Sabine und Siegfried recht flott zurückgelegt. Siegfried schwitzte ziemlich und Sabine schlug eine kurze Rast vor.

Als sie nebeneinander auf der Bank saßen, sagte Siegfried: „Das letzte Mal, als ich auf so einer Bank gesessen bin, hätte ich das Ding am liebsten zersägt."

„Warum denn?", lachte Sabine.

„Da hat mich die Claudia zur Kur geschickt. Nach Bad Ischl. Du kannst dir nicht vorstellen, wie öde so was ist!"

„Was? Eine Kur?"

„Klar! Das Frühstück geht ja noch. Dann hast du Termine. Schlammpackungen, Wassergüsse und so Zeug. Und dann gehst du spazieren. Dann kriegt man langsam Hunger und da ist es noch nicht einmal elf. Also geht man noch einmal spazieren. Dann ist es endlich Mittag und was kriegst du serviert? Drei Salatblätter und ein Radieschen. Dann geht man spazieren und

dann setzt man sich auf eine Bank an der Traun und schaut ins Wasser. Nach einer halben Stunde geht dir der Fluss so auf die Nerven, dass du die Bank zersägen möchtest. Also geht man spazieren und der Magen knurrt. Einige Zeit lässt man ihn knurren, aber dann geht man in die Konditorei Zauner und verdrückt so zwei bis drei Tortenstücke. Und am nächsten Tag wird man abgewogen, ob die Diät schon wirkt."
Sabine kicherte leise.
„Und wenn man nach einer Woche dann drei Kilo zugenommen hat, wird man glücklicherweise rausgeschmissen", ergänzte Siegfried. „Wenn ich das früher gewusst hätte, hätte ich mir schon in den ersten drei Tagen zehn Kilo angefressen."
„Warst du allein auf Kur?", fragte Sabine.
„Klar! Wen hätte ich mitnehmen sollen?"
„Na, vielleicht die Claudia?"
Siegfried sah Sabine mit großen Augen an. „Ich gehöre nicht zur Spezies der Masochisten", sagte er. Sabine lachte.
„Mit mir hältst du's auch nicht aus auf so einer Bank?", fragte sie.
„Ein paar Wochen schon", gestand Siegfried, legte sich auf die Bank und bettete den Kopf auf Sabines Oberschenkel. „Stört dich das?"
„Nicht im Geringsten. Bleib so und ruh dich aus."
Etwa zehn Minuten blieb Siegfried still liegen. Dann sagte er: „Weißt du, was ich seltsam finde? Ich hätte jetzt große Lust, mit dir nach Ischl auf Kur zu gehen."
„Wie kommst du denn auf den Gedanken?"
„Weil eine Kur so wunderbar langweilig ist. Und weil du eine so wunderbare Waffe gegen die Langeweile bist."

Da begann Sabine, Siegfrieds Schläfen zu massieren. „So, meinst du?“

„Gleich fängt der alte Kater zu schnurren an“, sagte Siegfried. „Das ist auch großartig, aber das Beste an einer Kur mit dir wäre das Mittagsschläfchen.“

„Du Wüstling“, sagte Sabine, beuge sich zu Siegfried hinunter und gab ihm einen Kuss.

Und so kam es, dass die beiden fast eineinhalb Stunden auf der Bank am See zubrachten und Matthias auf seiner Astgabel tatsächlich ein wenig einschlief.

Schließlich standen aber Sabine und Siegfried doch auf und beschlossen, wenigstens noch ein Stück der Uferpromenade zu folgen.

Kurz nachdem die beiden aufgebrochen waren, erwachte Matthias, weil er beinahe von der Astgabel gerutscht wäre. Er klammerte sich irgendwo fest und stieß dabei mit dem Ellbogen an ein Wespennest, das er noch gar nicht bemerkt hatte. Durch den Stoß brach ein Teil der Umhüllung dieses Nestes weg und die Bewohner des Nestes machten sich auf den Weg, dem Störenfried Respekt vor ihrer Behausung beizubringen.

Mit einem Mal sah sich Matthias von Dutzenden Wespen attackiert, just zu dem Zeitpunkt, als vorn an der Wegbiegung sein Vater und dessen Freundin auftauchten.

Erst wollte Matthias unbedingt den Schuss anbringen und er versuchte, die Wespen einfach „nicht einmal zu ignorieren“. Aber Wespenstiche tun weh!

Nach zwanzig Sekunden flüchtete Matthias. Ein kühner Sprung brachte ihn vom Baum herunter, aber die Wespen hatten den Stellungswechsel ihres Feindes erkannt und offenbar sogar noch Verstärkung mobilisiert.

Matthias begann zu rennen. Quer über die Uferpromenade zum See. Aber Wespen sind ziemlich mobile Kampfeinheiten und sie folgten dem Aggressor sofort mit gekonnten Flugmanövern.
So kam es, dass Sabine und Siegfried plötzlich, etwa hundert Meter vor ihnen, einen jungen Mann aus dem Wald auftauchen sahen, der wild um sich schlug, zappelte wie ein Hampelmann, in grotesken Sprüngen quer über die Uferpromenade dem See zueilte und voll bekleidet ins Wasser sprang.
Verblüfft blieben Siegfried und Sabine stehen. „Hast du das gesehen?", fragte Siegfried. „Ist das vielleicht wieder unser Jerry Cotton? Der hat ja so eine ganz besondere Affinität zum Wasser."
Sabine hatte scharfe Augen. „Jerry war das nicht. Ich glaube, das sind Wespen oder Bienen, da vorn", sagte sie. „Vor denen ist der Mann geflüchtet. Komm, gehen wir lieber zurück, die Viecher können unangenehm werden." Bereitwillig kehrte Siegfried um und der Spaziergang auf der Seepromenade endete hiermit.
Matthias blieb noch eine Weile im Wasser. Erstens tat das kalte Seewasser seinen schmerzenden Wespenstichen gut und zweitens suchte er nach der Pistole, die ihm beim Sprung in den See entfallen war. Aber der Seegrund war an dieser Stelle wegen des Laubes vom letzten Jahr recht schlammig und seine „Glock" blieb leider unauffindbar.

„Du schlägst mir die Bälle zu, als ob ich im Rollstuhl sitzen würde", beschwerte sich Siegfried, als Sabine ihm wieder einen Ball so retourniert hatte, dass Siegfried den Schläger nur hinhalten musste.

„Du sollst dich nicht zu sehr anstrengen“, entschuldigte sie sich.
„Blödsinn“, sagte Siegfried. „Mir geht's so gut wie lange nicht. Pumpe funktioniert einwandfrei. Möglicherweise haben mir die Quacksalber nur eingeredet, dass das Herz kaputt ist, damit sie was verdienen an mir.“
„Du musst trotzdem vorsichtig sein!“
„Na ja, lieber bin ich da vorsichtig, als im Bett“, gab Siegfried zu.
Sie spielten Tennis auf dem hoteleigenen Platz, der leider erst nach zwanzig Uhr frei geworden war. Es war bereits ziemlich dunkel, aber der Tennisplatz war gut beleuchtet.
„Auch da solltest du vorsichtiger sein!“
„Unmöglich! Bei der Partnerin? Du verlangst zuviel!“ Siegfried schlug den Ball ins Netz. „Siehst du? Ich sage ‚Bett' und sofort kann ich mich nicht mehr konzentrieren!“
„Machen wir Schluss?“, fragte Sabine.
„Wenn wir ins Bett übersiedeln, gern“, meinte Siegfried und Sabine lachte.
„Sag einmal, wie alt bist du eigentlich?“, fragte sie schelmisch. „Auf Grund deiner Aktivität könnte man dich auf dreißig schätzen!“
Jetzt lachte Siegfried. „Gott sei Dank nicht mehr! Wie ich dreißig war, war die ganze Stadt frustriert über meine Inaktivität!“
„Tatsächlich?“, fragte Sabine ungläubig.
„Schau einmal, wenn dich die Ehefrau wochenlang mit dem Gartenarchitekten betrogen hat, hat man genug vom weiblichen Teil der Bevölkerung“, entschuldigte sich Siegfried. „Jedenfalls vorerst einmal“, fügte er hinzu.
„Und wie lang hat man da genug?“, fragte Sabine, die

zum Netz gekommen war.
„Na ja", Siegfried druckste ein bisschen herum. „Eigentlich sehr lang. So lang, bis dich der Bernd zu mir geschickt hat."
„Tatsächlich?" Sabine schien erstaunt zu sein. „Na, dann versteh ich ja deinen Nachholbedarf."
„Ja, der ist gewaltig", gab Siegfried zu. Sie waren mittlerweile vom Platz gegangen und Sabine steckte die Tennisschläger in die Futterale. „Ich bring nur deinen Privatschläger ins Auto", sagte sie.
„Ich komme mit", meinte Siegfried. „Auf dem Weg zum Parkplatz ist's so schön dunkel.Vielleicht kann der alte Räuber und Räubergulaschküchenchef Siegfried dir dort einen Kuss rauben."
„Du romantischer Kindskopf", sagte Sabine und küsste Siegfried ganz freiwillig neben dem hell erleuchteten Platz.
Der Weg von der Tennisanlage zum Parkplatz war tatsächlich sehr schlecht beleuchtet. Sabine ging mit Siegfrieds Tennisschläger voran, Siegfried folgte ihr im Abstand von ungefähr drei Schritten mit der Sporttasche.
Plötzlich blieb Sabine stehen. „Was ist denn das, da vorn?", fragte sie. Im Gebüsch, seitwärts des Weges war eine dunkle Gestalt erkennbar.
„Ich seh' nix", sagte Siegfried.
Da begann sich die dunkle Gestalt zu bewegen und schien auf Sabine und Siegfried zuzulaufen. Etwas in der Hand der dunklen Gestalt blitze metallisch auf.
„Pass auf, Siegfried", sagte Sabine laut. „Ich glaub, ich hab ein Messer gesehen!" Und gleichzeitig begann sie, auf die dunkle Gestalt zuzulaufen.
Der Angreifer sprang aber an Sabine vorbei und wandte sich Siegfried zu, der jetzt die dunkle Silhouette

ebenfalls wahrnehmen konnte.
Als das Messer auf Siegfried niederfuhr und dabei wiederum aufblitzte, fing es Siegfried mit der Sporttasche ab – und dann war Sabine heran. Mit dem im Futteral steckenden Tennisschläger drosch sie auf die dunkle Gestalt ein.
Der Angreifer bekam zwei Hiebe auf den Kopf. Das Futteral dämpfte die Hiebe zwar sehr, aber die Wirkung blieb trotzdem nicht aus und die dunkle Gestalt wendete sich zur Flucht. Sabine sah den Angreifer wegrennen und folgte ihm sofort, den Tennisschläger über ihrem Kopf schwingend. „Stehen bleiben, Sie Gangster!“, rief sie dabei.
„Sabine!“, schrie Siegfried, „Nicht verfolgen! Wenn der ein Messer hat, ist er dir gegenüber im Vorteil in der Dunkelheit! Bleib da!“ Aber Sabine war schon weg.
Dreißig Sekunden später kam sie aus dem Gebüsch. „Zu finster“, sagte sie. „Der ist leider weg.“
Siegfried ließ die Sporttasche fallen und nahm Sabine in die Arme. „Gott sei Dank!“, sagte er. „Wenn der stehen geblieben wäre, hätte er dich leicht abstechen können! Ich hätt’ mich jetzt beinahe angeschissen vor Angst um dich!“
„Was wollte der?“, fragte Sabine. „War das der, der auf dich geschossen hat?“
„Glaub ich kaum“, meinte Siegfried. „Woher sollte der wissen, wo wir sind?“
„Na ja, deine Claudia weiß es ja auch!“
„Die hat’s ihm sicher nicht gesagt. Ich glaub’, das war eher ein Raubversuch von so einem Junkie, wie sie’s überall gibt. Aber du hättest ihm nicht nachlaufen sollen!“
„Warum nicht? Der wollte dir an den Kragen!“

„Eben! Das war gefährlich!"
„Drum bin ich ihm ja nach!"
Siegfried nahm Sabine in den Arm und küsste sie zärtlich. „Aber du hättest dich nicht gefährden dürfen! Aber ich will dir keinen Vorwurf machen, sondern mich bedanken. Also: Dank dir schön, meine kleine Tigerin!"

„Mami?"
Und als sich die Mami meldete, sagte Matthias ins Handy: „Hat schon wieder nicht geklappt."
Der Wortschwall der weiblichen Stimme aus dem Handy wollte diesmal gar nicht enden. Endlich konnte Matthias seine Mutter unterbrechen: „Die neue Freundin vom Papa ist schuld dran. Wenn sie nur geschrieen hätte, hätt' mir das nichts gemacht. Aber die ist auf mich losgegangen! Mir brummt noch jetzt der Schädel. Und vom Gebirge hab ich auch genug! Die vierte Kanone ist auch weg, abgesoffen im See, weil mich die Wespen halb umgebracht haben! Wo ich eine neue herkriegen kann in dem Kaff da, weiß ich auch nicht. Mir reicht's! Ich fahr zurück in die Stadt und bereite dem Papa einen schönen Empfang vor. Ewig kann er ja nicht dableiben. Einverstanden?"

10. Kapitel

Claudia und Matthias haben kleine Meinungsverschiedenheiten und Siegfried kauft eine Halskette

Nachdem Jerry jetzt weg war, gab es für Claudia auch keinen Grund mehr, in Kratkys Villa auszuharren. Sie gönnte sich tatsächlich einige Tage Ferien, in denen sie hauptsächlich einige private Dinge erledigte, unter anderem die Veranlagung der Summe, die sie vom Einkommen ihres Chefs abgezweigt hatte. Klugerweise investierte sie in festverzinsliche Wertpapiere.
Aber zu ihrer Ehre muss erwähnt werden, dass sie nach wie vor zumindest einmal täglich zu Kratkys Villa kam, die Pflanzen versorgte, die nötigste Gartenarbeit verrichtete und im übrigen dafür Sorge trug, dass der Haushalt in Ordnung war, wenn der Chef überraschend heimkommen sollte.
Zwei Tage nach dem Telefonat des Matthias mit seiner Mami in Spanien betrat sie am frühen Morgen die Villa, holte die Post aus dem Postkasten und wollte eben damit beginnen, die Küche zu putzen, als sie ein leises Geräusch im Obergeschoß hörte. Sie war völlig überrascht, denn das konnte nur bedeuten, dass ihr Chef wieder da war!
Aber, als sie bereits im Begriff war, die Stiege zu Siegfrieds Schlafzimmer hinaufzusteigen, kamen ihr Bedenken. Siegfrieds Wagen stand nicht in der Garage – und ihr Chef ließ sein Prachtstück nie vor dem Grundstück stehen. War das möglicherweise ein Einbrecher?
Claudia war bekanntlich eine resolute Person. Dem Einbrecher so ohne weiteres einfach gegenüberzutre-

ten, das wagte sie zwar nun doch nicht, aber sie hatte ja noch die Pistole, die sie im Garten gefunden hatte, zwischen den Winterreifen in der Garage deponiert. Sie freute sich fast darauf, den Einbrecher zu stellen. Vielleicht war es ja der geheimnisvolle Attentäter, der ihrem Chef an den Kragen wollte! Da würde sie ihrem Liebling Jerry damit einen Dienst erweisen!
Sie lief also in die Garage, holte die Pistole und stieg damit zum Schlafzimmer hinauf.
Der dort unter dem Bett liegende Matthias, der soeben an einem der Bettbeine ein kleines Päckchen Plastiksprengstoff befestigt hatte, erschrak furchtbar, als sich plötzlich die Schlafzimmertür öffnete und ein paar mit fleckigen Jeans bekleidete Beine zum Bett kamen.
„Raus da, aber keinen Scheiß", sagte eine weibliche Stimme. „Ich hab da eine Pistole und kenn' mich mit solchen Dingern nicht aus, also könnte die plötzlich losgehen."
Matthias rutschte unter dem Bett hervor. „Nicht den Abzug berühren!", warnte er dabei. „Ich bin ganz brav und tu Ihnen nichts."
„Was machen Sie da unterm Bett?", wollte Claudia wissen.
„Das betrifft nicht Sie", sagte Matthias. „Nur eine kleine Überraschung für Ihren Chef."
„Sie wollen ihm an den Kragen! Sie haben auf ihn geschossen! Warum wollen Sie, dass er krepiert?"
„Ich sag ja, das betrifft nicht Sie!"
Claudia fühlte, wie ihr die Pistole Selbstsicherheit gab, auch wenn sie noch nie so ein Ding in ihrer Hand gehalten hatte. So etwas wie Macht strömte von dem kalten Metall in ihren Körper. Sie war entschlossen, die Gelegenheit zu nützen und herauszufinden, warum Siegfried Kratky beseitigt werden sollte.

„Sie sagen jetzt sofort, warum sie meinen Chef abmurksen wollen, oder ich drück ab. Mir kann gar nichts passieren: Ich hab Sie hier überrascht, Sie haben mich angegriffen und ich hab mich verteidigt."
Matthias sah ein, dass diese junge Frau beträchtlich im Vorteil war. Und so, wie sie ihn jetzt ansah, war ihr zuzutrauen, dass sie ihre Drohung wahr machte.
„Schön. Eins zu null für Sie", sagte Matthias kleinlaut.
„Wer sind Sie?", fragte Claudia und bemühte sich, ihre Stimme möglichst entschlossen klingen zu lassen.
Matthias gab keine Antwort, sondern versuchte, sich aufzurichten.
„Bewegen Sie sich nicht!", herrschte Claudia ihn an.
„Wer sind sie? Ich schieß Ihnen ein Loch, dort wo's wehtut!"
Die Pistole zielte nicht mehr auf Matthias' Gesicht, sondern auf seinen Bauch. Oder, genauer, auf eine Stelle etwas weiter unterhalb seines Bauches.
Matthias hatte natürlich keinerlei Interesse, sich dort „ein Loch schießen" zu lassen. Deshalb gab er auf.
„Ich brauch das Geld von meinem Vater", gestand er.
„Ihr Vater?" Claudia war völlig verblüfft.
„Ingenieur Kratky", sagte Matthias. „Ich bin Matthias Kratky. Mein Vater kennt mich nur als Baby. Seit er meine Mami rausgeschmissen hat, hat er uns nicht mehr gesehen."
„Das hat sich Ihre Mutter aber selbst zuzuschreiben", meinte Claudia. „Immerhin hat sie Ihr Vater mit dem Gärtner erwischt."
„Mit dem Gartenarchitekten!", berichtigte Matthias. „Mit einfachen Gärtnern hätte sich Mami nie abgegeben. Darf ich mich aufs Bett setzen?"
„Nein!", sagte Claudia. „Sie haben bestimmt eine Waffe und könnten mich überrumpeln wollen."

„Ich bin unbewaffnet", sagte Matthias. „Aber die Pistole, die Sie in der Hand halten, die gehört wahrscheinlich mir. Woher haben Sie die denn?"
„Im Garten gefunden." Claudia bemüht sich gar nicht, Matthias anzulügen.
„Dann ist das wirklich meine", meinte der. „Zwei weitere müssen im Schwimmbecken gelegen sein und die vierte liegt im See bei Sankt Rupert." Trotz Claudias Verbot setzte er sich auf und sah sie interessiert an. „Kosten ein Schweinegeld, solche Kanonen", fügte er hinzu.
Claudia sah sich den vor ihr auf dem Boden sitzenden Matthias ebenfalls genau an und stellte fest, dass der junge Mann keinerlei Ähnlichkeit mit ihrem Chef Siegfried aufwies. Na ja, vielleicht war die Sache mit dem Gartenarchitekten schon seit längerer Zeit gelaufen? Dieser Gedanke belustigte Claudia und sie musste lächeln. Nur ganz leicht, aber Matthias hatte es bemerkt.
„Sehen Sie, Sie entspannen sich schon etwas", sagte er. „Wir sollten miteinander reden über meinen Vater." Damit stand er vollends vom Boden auf und setzte sich anschließend auf den Bettrand. Claudia setzte sich neben ihn, hielt aber weiterhin die Pistole auf Matthias gerichtet.
„Tun Sie doch das Schießeisen weg", bat Matthias. „Das passt nicht zu so einer hübschen Frau wie Sie eine sind."
Claudia war geschmeichelt und senkte die Pistole etwas. Aber sie gab sie nicht aus der Hand. „Wenn Sie Blödsinn machen, schieß ich", warnte sie. „Warum wollen Sie meinen Chef abmurksen?"
„Will ich gar nicht", gestand Matthias. „Mami will."
„Aber warum?"

„Weil es kein Testament gibt und ich alles erben werde. Mami geht langsam das Geld aus. Außerdem gibt's da eine Lebensversicherung, lautend auf meine Mami, abgeschlossen mit dem Geld vom ersten Patent meines Vaters und Mami hat die Polizze."
„Stimmt", bestätigte Claudia. „Ich hab dem Chef schon oft vorgeschlagen, da was zu ändern. Wenn die Polizze auf Überbringer lauten würde, wäre mir das wesentlich lieber. Aber Ihr Vater hat bisher leider nichts unternommen. Die Prämien werden mit Dauerauftrag bezahlt."
„Na, sehen Sie!"
„Aber ich hab was dagegen, dass Sie Ihrem Vater was tun!"
Matthias sah Claudia lange forschend an. „Lieben Sie meinen Vater?", fragte er dann.
Claudia lachte. „Den alten Kindskopf? Nein. Aber er ist für mich das Huhn, das goldene Eier legt!"
„Sie meinen, er zahlt Ihr Gehalt?"
„Das auch", sagte Claudia, die plötzlich jede Angst vor Matthias verloren hatte. Der junge Mann war ja ein ebensolcher Kindskopf wie Siegfried! Möglicherweise war er ja doch Siegfrieds leiblicher Sohn.
„Was noch?", drängte Matthias.
In Claudias Hirn regte sich ein vager Gedanke. Vielleicht konnte sie diesen Matthias für ihre eigenen Zwecke benutzen. Sie beschloss, es zu versuchen.
„Na ja, Ihr Vater kriegt eine ganz schön saftige Leibrente", sagte sie. „Mehr, als er verbrauchen kann, überhaupt seit ich ihm die Herzkrankheit eingeredet hab. Von der Leibrente zweige ich manchmal was ab und überweise auf ein Sonderkonto."
Matthias grinste wissend. „Ein auf Ihren eigenen Namen lautendes Sonderkonto", stellte er sachlich fest.

„Na, und wenn Ihr Vater ins Gras beißt, ist es Essig mit der Leibrente", ergänzte Claudia. „Und mit meinem Job als Haushälterin ebenfalls."
Matthias nickte. „Traurig", kommentierte er.
„Was wollen Sie mit ‚traurig' sagen?"
„Traurig für Sie", erklärte Matthias. „Aber ich kann da leider keine Rücksicht drauf nehmen. Mami braucht dringend das Geld."
„Ich brauche auch dringend das Geld!"
„Aber wenn ich meinen Vater nicht abmurkse, wird Mami böse!", wandte Matthias ein.
„Und wenn Sie ihn abmurksen, werde ich böse!", erklärte Claudia.
„Wenn Sie böse sind, ist das traurig. Aber wenn Mami böse ist, ist das eine mittlere Naturkatastrophe!", bemerkte Matthias. „Besser, Sie sind böse."
„Ich hab da einen Vorschlag", sagte Claudia. „Sie murksen nicht Ihren Vater ab, sondern die Sabine, seine neue Freundin!"
Matthias war erstaunt. „Warum denn?"
„Weil die Dame brandgefährlich ist! Die hat's doch nur aufs Geld Ihres Vaters abgesehen! Wenn Sie ihn wirklich abknallen, zaubert die vielleicht plötzlich doch ein Testament hervor, das sie zur Alleinerbin macht. Um den Finger gewickelt hat sie ihn schon."
„Das wäre aber sehr peinlich…", überlegte Matthias.
„Eben! Also?"
Matthias seufzte. „Da muss ich mit Mami drüber reden", sagte er.
„Tun Sie das!", bestärkte ihn Claudia. „Und sagen Sie Ihrer Mami, wenn sie den Herrn Kratky leben lässt, wäre ich bereit, von meinem Zusatzeinkommen was an sie abzutreten."
„Wie viel?"

„Muss ich erst kalkulieren. Aber dem Siegfried darf nichts passieren!"
„Na schön. Ich werd' die Mami fragen", versprach Matthias und stand auf. „Übrigens, an Ihrer Stelle würde ich das Bett da in Ruhe lassen. Nicht Staub wischen oder so. Da ist Plastiksprengstoff drunter."
Claudia sprang auf. „Um Himmels Willen! Tun Sie den weg!"
„Warum denn?", fragte Matthias. „Erst muss ich die Mami fragen."
„Na ja", lenkte Claudia ein. „Man müsste dafür sorgen, dass die Sabine im Bett liegt und der Siegfried nicht. Und dann ... wumm!"
„Wäre eine Möglichkeit", sagte Matthias. „Ich geh dann jetzt. Abends ruf ich die Mami an und morgen früh komm ich noch einmal vorbei, ja?"
„Okay", sagte Claudia und begleitete Matthias zum Gartentor.
Als Matthias weg war, rief Claudia ihren Jerry am Handy an und berichtete den Vorfall. Allerdings, ohne etwas von ihrem Vorschlag, die Sabine kalt zu machen, zu erwähnen. Jerry mit seiner naiven Ehrenhaftigkeit würde das nicht verstehen.

Die Konditorei Pöchhacker in Sankt Rupert ist berühmt für ihre Milchrahmschnitten.
Bei diesem Gebäck handelt es sich um eine Art Käsekuchen, sehr süß und mit einer ganzen Menge von Eidottern in der cremigen Füllungsmasse, die in erster Linie aus Topfen, Zucker und Eiern besteht.
Für Siegfried, der auf seinen Cholesterinspiegel achten musste, standen diese so sehr gerühmten Milch-

rahmschnitten natürlich auf der schwarzen Liste der verbotenen Köstlichkeiten, weshalb er unbedingt eine davon verdrücken wollte. Alles Verbotene ist äußerst reizvoll, sogar wenn man gar nicht so sehr erpicht auf Süßspeisen ist.

So saßen also an diesem Vormittag Sabine und Siegfried im Schanigarten der Konditorei, vor sich je eine Melange und eine Milchrahmschnitte.

„Das ist aber sehr unvernünftig von dir", sagte Sabine und deutete auf die Mehlspeise vor Siegfried.

„Blödsinn", sagte der nur. „Da fress' ich täglich so eine teure Tablette zur Senkung des Cholesterinspiegels, die die Krankenkasse gar nicht zahlt, und dann soll ich drauf aufpassen, dass die Tablette nix zu tun kriegt."

„Medikamente sind gut, aber die Lebensweise ist auch wichtig", meinte Sabine.

„Ja, ja. Wegen einer von diesen Schnitten wird mich schon nicht der Teufel holen", sagte Siegfried. „Der traut sich eh nicht her da, weil die Kirche da drüben viel zu nah ist. Da waren wir übrigens noch gar nicht drin."

„Gibt's dort drin was Interessantes?"

Siegfried nahm einen Schluck Kaffee. „Barocke Inneneinrichtung", erklärte er. „Geschnitzter Hochaltar, für Experten sicher interessant, aber für mich weniger. Eine barocke Pfarrkirche ist hier in den Alpen ja das absolute Existenzminimum in Sachen Kultur. In fast jedem Kaff gibt's so was."

„Dann brauchen wir auch nicht rein", sagte Sabine.

„Mit Kirche hast du nix am Hut?", fragte Siegfried.

„Weniger", gestand Sabine. „Ich glaube, es kommt mehr auf die moralische Integrität an als auf Gebete, Riten und Gesänge."

„Interessante Ansicht für eine Mörderin", lächelte Siegfried.

Sabine wurde jetzt leicht ungehalten. „Glaubst du immer noch, der Rappold benutzt mich als Mordwerkzeug?", fragte sie.
„Entschuldige", lenkte Siegfried ein. „Ich finde es halt romantisch, dass du mich fertig machen sollst. Noch dazu mit dieser wunderbaren Methode. Natürlich weißt du das nicht, dass du ein Mordwerkzeug bist. Sonst hättest du mich nicht so verteidigt bei dem Raubversuch neulich. An deiner moralischen Integrität gibt's gar keinen Zweifel!"
Sabine erwiderte nichts mehr, aber die Stimmung war etwas getrübt, als sie die Mehlspeise und den Kaffee konsumierten.
Siegfried bereute seine vorlaute Bemerkung. Er wollte keinesfalls, dass seine Sabine in ihrem seelischen Wohlbefinden irgendwie beeinträchtigt wurde. Deshalb drängte er zum Aufbruch. Er wollte seinen Fehler wieder gut machen.
Am unteren Ende des Hauptplatzes gab es einen Uhrmacher und Juwelier. Zu diesem lotste er Sabine geschickt hin. Und da es keine Frau gibt, die bei einem Schaufenster voller Schmuckstücke nicht stehen bleibt, erreichte Siegfried sein Ziel problemlos. Sabine sah interessiert die ausgestellten Stücke an und Siegfried folgte ihren Blicken.
„Das Armband da hinten?", fragte er dann. Sabine schüttelte den Kopf. „Nein, die Halskette daneben", sagte sie. „Die ist einfach ein Traum!"
„Dann geh ich schnell zur Bank rüber, nachtanken. Kannst schon reingehen, ich komm gleich nach", sagte Siegfried einfach.
„Bist du verrückt?", fragte Sabine. „Hast du den Preis nicht gesehen?"
„Doch", meinte Siegfried. „Deshalb will ich ja nach-

tanken. Bar ist es denen da drin sicher lieber."
„Spinnst du? Die Kette kostet ein Vermögen!"
„Halb so wild", beschwichtigte Siegfried. „Du sollst ja auch ein kleines Andenken an unseren Aufenthalt hier haben." Und damit marschierte er hinüber zur Bank. Sabine kam mit und versuchte dabei, dem Siegfried seine offenkundige Absicht, die Kette zu kaufen, auszureden, was ihr aber nicht gelang.
Man muss allerdings bemerken, dass sich Sabine nicht mit dem allerletzten Einsatz anstrengte, um Siegfried seine Absicht auszureden. Der Grund lag ganz einfach in ihrem Geschlecht. Welche Frau würde sich wohl bis zum Letzten sträuben, wenn es um ein Schmuckstück geht, noch dazu um eines, das sie selbst als „einen Traum" bezeichnet hat. Es gelang ihr also nicht, den Siegfried zu bremsen. Und im Grund ihres Herzens war Sabine natürlich froh darüber.
Allerdings gab es in der Bankfiliale Probleme. Der Geldausgabeautomat spuckte die Scheine nicht aus. Siegfried ging zum Schalter.
„Na ja, der Überziehungsrahmen reicht nicht aus", erklärte der Bankangestellte.
„Gibt's nicht", meinte Siegfried. „Kann ich einen Kontoauszug haben?"
„Selbstverständlich."
Zwei Minuten später sah Siegfried, dass das Konto tatsächlich leer geräumt war.
„An wen hat die Claudia denn achtundzwanzigtausend überwiesen?", brummelte Siegfried. „Und warum? Wir hatten ja keine Anschaffungen in letzter Zeit! Das kommt davon, dass ich mich nicht um die Finanzen kümmere."
„Siehst du", sagte Sabine. „Das ist ein ganz deutliches Zeichen dafür, dass du den Blödsinn mit der Kette

bleiben lassen sollst! Erstens ist die viel zu wertvoll für mich und zweitens hast du Probleme mit der Finanzierung!"
„Mitnichten", widersprach Siegfried. „Wofür gibt's Kreditkarten? Kriegt der Juwelier eben kein Bares, er wird's verkraften."
Es stellte sich heraus, dass der Juwelier sich angesichts der Kreditkarte beinahe überschlug vor Freundlichkeit. Die Kette war der bedeutendste Verkauf des gesamten Monats und trotz Kreditkartenzahlung gewährte der Geschäftsinhaber noch einen Preisnachlass.
Als Siegfried und Sabine dann zum Auto zurückgingen, freute sich der Juwelier wie ein Schneekönig über das Geschäft und Siegfried freute sich wie ein kleiner Bub, der eine elektrische Eisenbahn gekriegt hat. Nur Sabine war still und wirkte irgendwie bedrückt.
Aber bevor sie noch ins Auto stiegen, hielt plötzlich der alte Golf des Jerry neben ihnen.
„Herr Kratky, ich wollte Ihnen nur sagen, dass ich in die Stadt zurück fahre. Die Claudia hat mich angerufen. Ihr geheimnisvoller Attentäter schleicht wieder um Ihr Grundstück. Den schnapp ich mir, noch bevor Sie heimkommen! Hier werden Sie ja sicher sein, wenn der Bursche, der Ihnen an den Kragen will, in der Stadt ist."
„Gott sei getrommelt und gepfiffen!", rief Siegfried. „Die Gegend um Sankt Rupert wird durch Ihre Abwesenheit bedeutend an Attraktivität gewinnen! Lassen Sie mir die Claudia grüßen und sagen Sie ihr, wenn wir kommen, werden wir wieder da sein. Genaueren Zeitpunkt wissen wir selber noch nicht. Gute Heimfahrt und passen Sie auf, dass Sie kein Geschwindigkeitslimit übersehen."
Offenbar kriegte Jerry Siegfrieds Sarkasmus gar nicht mit, denn er rief nur ein freundliches „Wiedersehen!"

und machte sich auf den Weg.
Siegfried sperrte das Cabrio auf. „Willst du fahren?“, fragte er. Sabine schüttelte den Kopf, sagte aber nichts.
„Was hast du denn?“, wollte Siegfried wissen. „Du wirkst irgendwie bedrückt. Gefällt dir die Halskette nicht?“
Sie waren noch nicht eingestiegen und standen neben dem Wagen. „Die Kette ist ein Prachtstück!“, sagte Sabine und fiel dem Siegfried um den Hals. Der bemerkte, dass sie Tränen in den Augen hatte.
„Der Ring neulich hat dich auch so aus der Fassung gebracht“, sagte Siegfried. „Warum?“
„Weil ich mir so schäbig vorkomme“, gestand Sabine. „Du verwöhnst mich so und ich verdiene das gar nicht!“
„Natürlich verdienst du's! Du hast mich aus der Lethargie gerissen, du hast mich hierher gebracht, ich lebe wieder! Und von den Nächten will ich gar nicht reden!“
„Die machen mir doch auch Spaß!“, sagte Sabine. „So viel wie seit Jahrzehnten nicht! Drum meine ich ja, dass ich Geschenke gar nicht verdiene!“
„Wenn du dich über was freust, freu ich mich auch. Und zwar noch mehr als du, das kannst du mir glauben. Also, so gesehen, hab ich die Kette eigentlich für mich gekauft“, erklärte Siegfried.
„Aber die kostet ein Vermögen!“
„Sabine, Liebes“, sagte Siegfried sehr ernst. „Verglichen mit dem, was du mir geschenkt hast, ist das eine klitzekleine Kleinigkeit, für die ich mich schämen müsste. Aber wenn du keine solchen teuren Präsente magst, kriegst du demnächst von mir als Geschenk einen Strauß selbst gepflückter Gänseblümchen! Ja?“

„Ja, bitte“, sagte Sabine und bedeckte Siegfrieds Gesicht mit Küssen. „So was hab ich mir schon lang gewünscht!“

Nachts konnte Sabine nicht schlafen.
Sie hatte zum Abendessen wieder ihre Schuhe mit den Absätzen, so hoch wie ein Wolkenkratzer, getragen und diese Schuhe bewirkten bei Siegfried immer wieder, dass er kaum zu bremsen war. Auch diesmal war es reichlich wild und fröhlich zugegangen, bis Siegfried endlich erschöpft in seinem Bett lag.
Sabine musste vor sich selbst eingestehen, dass ihr erstmals seit Jahren der Sex wieder Spaß machte, dass es Siegfried verstand, sie vollständig glücklich damit zu machen. Seit Jahren hatte sie Sex als Pflicht betrachtet und die Sache halt über sich ergehen lassen, weil es nicht anders ging. Aber Siegfried nahm so viel Rücksicht, bemühte sich so, ihre Wünsche zu erraten, dass die Nächte mit ihm tatsächlich eine Bereicherung für Sabine waren.
Sie fürchtete, sich an Siegfried bereits gewöhnt zu haben.
Wenn ihm also nichts zustoßen sollte, wie würde es dann weiter gehen? Es war nie Sabines Bestreben gewesen, ihre Selbständigkeit zugunsten eines Mannsbilds aufzugeben. Da war ihr der Scheißjob bei der Begleitagentur noch lieber, als ein biederes Hausmütterchen für einen Kerl abzugeben, der ohnehin nur an sein eigenes Vergnügen dachte.
Sabine stand auf, zog sich einen Schlafrock über und setzte sich an die geöffnete Tür zum Balkon. Der Mond war beinahe voll und der See lag in seinem Licht so

friedlich und freundlich vor ihr.
Sabine versuchte, vernünftig nachzudenken.
War Siegfried tatsächlich anders als die meisten Mannsbilder? Er hatte ja schon mehrfach angedeutet, dass er wünschte, ihr Beisammensein zu einer Dauereinrichtung zu machen. Also, wenn er wirklich nicht abkratzen sollte, würde er ihr früher oder später einen diesbezüglichen Antrag machen. Wie sollte Sabine darauf reagieren?
Sie versuchte, sich über ihre eigenen Wünsche klar zu werden, Was wollte sie eigentlich?
Klar, den Job loswerden. Schluss mit der Agentur.
Die Boutique. Sie wollte selbständig bleiben, unabhängig, nicht auf ein Mannsbild angewiesen. Auch wenn es sich um ein Mannsbild handelte, das eigentlich ein fünfzigjähriger Lausbub war. Aber ein liebenswerter Lausbub! Er hatte ihr die Halskette geschenkt und das war immerhin ein Geschenk, das sich sehen lassen konnte! Und jemanden, der ihr so was schenkte, sollte sie umbringen?
Na ja, nicht umbringen. Sie würde ihm zwar kein Messer zwischen die Rippen stechen, aber war es tatsächlich so viel anders, wenn sie seinen Blutdruck hochtrieb, bis die Pumpe versagte?
Plötzlich erschrak Sabine. Was würde sie eigentlich tun, wenn Siegfried auf einmal beim Sex zusammenklappte? Würde sie einen Arzt holen? Das wäre lächerlich! Erst ihn so sehr auf Touren bringen, dass er schlapp machte und dann versuchen, ihn zu retten?
Nein. Das konnte sie nicht tun. Auf einmal war ihr klar, sie würde in Zukunft besser drauf achten, dass sich Siegfried nicht übernahm. Auch wenn das Unsinn war.
Was hatte der Rappold doch gesagt? „Wobei ich sogar einen kleinen Bergunfall zu den natürlichen Abgän-

gen zählen würde."
Sabine seufzte. Sie hatte nicht mehr viel Zeit. Bis Sonntag noch. Na, vielleicht sollten sie morgen eine kleine Bergtour machen? Ach, verdammt noch einmal, warum war das Leben so kompliziert?
Siegfried regte sich.
„Sabine?"
„Ja, schlaf weiter", sagte sie. „Ich kann nur nicht einschlafen und hab mich zur Balkontür gesetzt."
„Komm zu mir", bat Siegfried.
„Ich komm schon", sagte Sabine und begab sich wieder ins Bett.
„Nervös?", fragte Siegfried.
„Nein. Nur etwas aufgekratzt nach dem Abend heute."
„Hmmm", machte Siegfried. „War ein toller Abend. Wie jeder mit dir."
„Na, du warst aber auch gut drauf heute."
Siegfried kicherte leise und drehte sich zu Sabine um. „Kein Wunder bei der Frau", sagte er. Und dann murmelte er noch „Schlaf gut", streckte die Hand aus und streichelte Sabine voller Zärtlichkeit.
„Du auch! Gute Nacht. Hab dich lieb", sagte Sabine leise.
Und bevor Sabine dann doch einschlief, wurde ihr erst bewusst, was sie da gesagt hatte. Und dann bemerkte sie mit einem großen Erstaunen, dass sie das tatsächlich vollkommen ernst gemeint hatte.

Am späten Abend dieses Tages rief Matthias seine Mutter an und erzählte ihr sein Abenteuer mit Claudia und deren Vorschlag, die neue Freundin von Matthias' Vater zu eliminieren. Mami war „not amused". Sie hielt es für aufgelegten Unsinn, sich von der Haushälterin mit einem Almosen abspeisen zu lassen, wenn man viel mehr haben konnte.

Allerdings gab sie zu bedenken, dass es jetzt mit dieser Claudia eine Mitwisserin gab! Die musste selbstverständlich weg!

Das war wiederum dem Matthias nicht so recht. „Diese Claudia ist ein hübscher Käfer", gab er seiner Mutter zu bedenken.

„Auch schöne Menschen beißen ins Gras", philosophierte Mami. „Zwar meistens erst, wenn sie nicht mehr schön sind. Diese Claudia sollte dir deshalb dankbar sein, wenn sie noch gut aussieht beim Abkratzen!"

Dieser Logik konnte sich Matthias nicht verschließen. „Also hab ich jetzt zwei Leute abzumurksen?", fragte er unwillig.

Na ja, es ginge ohnehin in einem Aufwaschen, meinte die Mami. Und Matthias solle jetzt gefälligst Gas geben in dieser Sache. Zahlungen wären fällig und Mami mittlerweile völlig abgebrannt. Die Sache wurde langsam dringend! Matthias solle sich eben in Gottes Namen eine fünfte Pistole besorgen. Das müsse aber die letzte sein! Für solche Kindereien wäre einfach kein Geld mehr da!

Matthias knirschte ein bisschen mit den Zähnen, als er Mami versprach, die Claudia gleich am nächsten Morgen dranzunehmen. Wenn sein Vater erführe, dass seine Haushälterin das Zeitliche gesegnet hatte, würde er wohl früher seinen idiotischen Liebesurlaub beenden und zurückkommen. Dann konnte man die Sache endlich erledigen.

Mami wünschte dem Matthias viel Glück und sie werde am nächsten Tag ganz fest beide Daumen halten, damit alles möglichst problemlos über die Bühne ginge.

Nach dem Telefonat mit seiner Mutter rief Matthias den Mustafa an. Der war ganz überrascht, als wieder eine Pistole bestellt wurde und kein Plastiksprengstoff.

„Und ich hab gedacht, mit Sprengstoff man kann nix danebenschießen", meinte er belustigt. „Allah ist groß!"

Aber er versprach, noch heute zu liefern und Matthias kratzte sein letztes Geld zusammen. Diesmal würde er endlich Erfolg haben!

11. Kapitel

Ein Macho und ein Feuergefecht

Während Matthias mit seiner Mutter telefonierte, passierte in Sankt Rupert etwas, das Siegfried ungemein beeindruckte: Er erhielt einen klaren Beweis von Sabines Zuneigung zu ihm.

Am späten Nachmittag hatte sich Sabine das Cabrio geborgt und war ins Dorf gefahren. Sie hatte von der Angestellten an der Hotelrezeption erfahren, dass es in Sankt Rupert eine kleines, auf Naturprodukte spezialisiertes Pharmaunternehmen mit dem bezeichnenden Namen „Alpenkräuterpharma“ gab, das ein angeblich sehr wirksames Produkt aus Enzianwurzeln herstellte, das besonders geeignet sei bei Probleme mit dem Herzen. Diesen Enzianextrakt wollte Sabine unbedingt für Siegfried besorgen.

Siegfried versprach sich nichts davon und weigerte sich, wegen so einem Unsinn eigens ins Dorf zu fahren. Also fuhr Sabine allein. Siegfried blieb auf der Cafeterrasse des Hotels und vertiefte sich in eine Zeitschrift.

Die Adresse, die Sabine erhalten hatte, war nicht leicht zu finden. Es handelte sich um eine ganz kleine Seitengasse, abseits des Ortszentrums und Sabine musste einige Male im Ort herumkurven, um endlich das Unternehmen zu finden, das die Enziantropfen herstellte.

Als Sabine dann in die kleine Seitengasse einbog, standen da ein paar Fahrzeuge eines privaten Fernsehsenders. Man drehte gerade einen Beitrag für ein Gesund-

heitsmagazin, der die so gerühmten Enziantropfen zum Gegenstand hatte.
Als Sabine Siegfrieds schickes Cabrio zwischen den Wagen des Fernsehsenders einparkte, wurde der Moderator des Senders, ein gewisser Herr Maybach, auf Sabine aufmerksam. Immerhin waren Cabriolets dieser Preisklasse in Sankt Rupert nicht gerade alltäglich und überdies passte die Fahrerin ausgesprochen gut dazu.
Maybach fragte sich, ob es sich bei der Dame um eine Prominente handelte, aber er kannte so ziemlich jeden aus der Gesellschaft der Reichen und Schönen. Sabine kannte er natürlich nicht. Nichtsdestoweniger war er sehr beeindruckt von ihr. In ihrer weißen, langen Hose und dem bunten T-Shirt sah sie auch großartig aus.
Als Sabine das kleine, niedrige Bürogebäude der Apenkräuterpharma betrat, kam Maybach sofort auf sie zu: „Entschuldigung, waren Sie nicht letztes Jahr bei mir in der Sendung?“
Sabine hatte den Herrn Maybach vielleicht ein- oder zweimal zu Gesicht bekommen, da sie nicht zu den Konsumentinnen von Gesundheitsmagazinen im Fernsehen zählte. Sie war auch nicht der Typ, der sich von Leuten beeindrucken lässt, nur weil deren Gesicht manchmal über die Bildschirme flimmert. Deshalb schüttelte sie nur den Kopf und sagte: „Sicher nicht. Ich war noch nie im Fernsehen“ und wollte weiter zum Werksverkauf des Unternehmens.
Maybach ärgerte sich ein bisschen. Sabine hatte zwar recht freundlich gewirkt, aber keinen Zweifel aber an der Tatsache gelassen, dass sie von dem etwas eitlen und von sich selbst sehr überzeugten Moderator völlig unbeeindruckt war.
Maybach ging ihr deshalb nach. „Unmöglich“, sagte er. „Mit Ihrem Aussehen müssen Sie schon im Fern-

sehen gewesen sein!"
Sabine drehte sich um und lächelte Maybach an. „Sicher nicht", sagte sie. „Sie verwechseln mich."
Maybach verwechselte sie natürlich nicht. Er hatte nur einen Vorwand gesucht, um mit Sabine ins Gespräch kommen zu können. Etwa im selben Alter wie Sabine, recht gut aussehend und überdies auch noch in gewissem Sinne prominent, erwartete er, mit Frauen leichtes Spiel zu haben. Da war eine Frau, die ihn überaus interessierte, eine sehr schöne, gepflegte Frau – und diese stieg nicht auf ihn ein! Der Moderator Maybach, den jedermann kannte, fühlte sich irgendwie gedemütigt. Er ließ aber im Augenblick Sabine weiter gehen, in den Raum, in dem man die Produkte der Pharmafirma kaufen konnte.
Maybach wartete, bis Sabine mit ihren Einkäufen aus dem Verkaufsraum kam und stellte sich ihr entgegen. „Bei Ihrem Aussehen haben Sie's aber schon beim Film versucht?", fragte er. Er wollte ganz einfach mit der interessanten Frau im Gespräch bleiben.
Sabine schüttelte wieder den Kopf. „In meiner Jugend wollte ich zum Theater", gestand sie. „Aber weil nichts draus geworden ist, bin ich jetzt Masseuse. Heilmassagen."
„Das passt ja haargenau!", rief Maybach. „Wenn Sie wollen, bringe ich Sie bei unserem Sender unter. Möglicherweise kann ich eine eigene Sendereihe für Sie rausholen! Heilmassagen interessiert das Publikum und außerdem ist das Thema sehr gut für diverse Werbeschaltungen geeignet. Das müssen wir besprechen!"
Sabine antwortete nicht, sondern sah Maybach nur lächelnd an. Der Moderator ging einen Schritt weiter. „Ich hab noch diesen Dreh da. Aber später, am Abend könnten wir drüber reden. Wollen Sie?"

„Eigentlich nicht", sagte Sabine. „Man soll ein gutes Angebot zwar nicht gleich ausschlagen. Aber wenn das Angebot mit einem abendlichen Rendezvous verbunden ist, interessiert es mich nicht so sehr. Wiedersehen!"
Und damit ließ Sabine den Moderator stehen, verließ das Pharmaunternehmen, stieg in Siegfrieds Cabrio und sah sich beim Wegfahren nicht einmal mehr um. Siegfried erzählte sie gar nichts von dem plumpen Versuch des Moderators, ein Date mit ihr zu vereinbaren, so unbedeutend erschien ihr die ganze Sache.
Aber am späten Abend, als sie mit Siegfried bei einem Glas Rotwein auf der Hotelterrasse saß, tauchte Maybach auf. Er hatte „den Dreh" abgeschlossen und seine Mannschaft nach Hause geschickt. Aber ihm, als dem Star des Aufnahmeteams, war wohl eine so späte Heimkehr nicht zuzumuten. Also nahm er ein Zimmer im Hotel Gruber als dem renommiertesten in Sankt Rupert. Es ging ja auf Spesen.
Als er dann die Hotelterrasse betrat um einen Schlummertrunk zu sich zu nehmen, saß da die Frau von heute Nachmittag, die Frau aus der „Alpenkräuterpharma". An den Nebentischen wurde getuschelt. Die meisten Leute kannten natürlich Maybach. Und sein Erscheinen hier im Hotel Gruber war natürlich etwas durchaus Bemerkenswertes!
Maybach kam zu Siegfried und Sabine an den Tisch und blieb vor Sabine stehen. „Ach, die Dame aus der Alpenkräuterpharma", sagte er lächelnd. „Na, was halten Sie jetzt von meinem Angebot? Wollen wir drüber reden?"
Sabines Gesichtsausdruck wurde abweisend. „Sie sehen, ich bin in Gesellschaft", sagte sie. „Und ich hab kein Interesse an einem Job beim Fernsehen."

Maybach ließ nicht locker. „Ach, kommen Sie", sagte er und lächelte süffisant. „Sie werden doch nicht den Opa da meiner Gesellschaft vorziehen!"
„Doch", sagte Sabine. Und dann wurde ihre Stimme immer lauter. „Wenn Sie gewisse Bedürfnisse haben, dann könnte ich Ihnen das Bordell in der Bezirksstadt Breitenbach empfehlen. Und wenn man Sie dort nicht rein lassen sollte, Sie selbstgefälliger Macho, gibt's auch einen Sexshop in Breitenbach. Die haben bestimmt aufblasbare Gummipuppen!"
Der von sich selbst so sehr überzeugte Herr Maybach wurde feuerrot im Gesicht. Ohne nur eine Silbe zu erwidern drehte er sich um und verließ die Terrasse, was das Hotel Gruber um den Umsatz des Betrages für ein großes Bier brachte. Aber das Hotel Gruber konnte sich diesen Verlust leisten.
Zumal Herr Maybach ohnehin am nächsten Tag zeitig früh abreiste.
Und Siegfried ließ sich erst einmal den Auftritt von Sabine erklären. Als sie alles berichtet hatte, stand er auf, verbeugte sich vor Sabine und küsste ihr formvollendet die Hand.
„Dein Verhalten ehrt mich ungemein", sagte er.
„Warum denn?"
„Dieser eingebildete Affe steht bei dir auf der Seife – und dem alten Trottel Siegfried hast bei der ersten Massage damals nicht einmal eine geschmiert. Ich hätt's verdient, damals!"
„Es gibt kleine, aber feine Unterschiede", sagte Sabine.

„Ach, Sie sind's", sagte Claudia, als am nächsten Morgen kurz nach acht Matthias am Gartentor geläutet

hatte und sie ihn einließ.
Sie war enttäuscht, weil sie Jerry erwartete und angenommen hatte, dieser würde das Wiedersehen mit ihr zum Anlass nehmen, umgehend ein kleines Schäferstündchen mit ihr abzuhalten.
„Haben Sie jemand anderen erwartet?“, fragte Matthias.
„Ich hab gar niemanden erwartet“, log Claudia. „Kommen Sie rein.“
Als Matthias dann auf dem einzigen Stuhl in der Küche saß, fragte Claudia: „Na, was sagt die Mami zu meinem Vorschlag?“
„Ich soll Sie umbringen.“
„Fein“, sagte Claudia, die annahm, Sabine wäre damit gemeint.
„Was? Das freut Sie?“, wunderte sich Matthias.
„Klar! Hab ich ja vorgeschlagen!“
Jetzt erst bemerkte Matthias das Missverständnis. „Nein, Mami will, dass ich Sie umbringe“, sagte er und deutete mit dem Zeigefinger auf Claudia.
„Was?“, fragte Claudia verblüfft. „Mich? Spinnen Sie?“
„Meine Mami hat das sehr gut erklärt“, meinte Matthias. „Ich hoffe, ich kann das auch so gut. Weil die Mami, die ist sehr intelligent, wissen Sie? Also, erstens wäre es ein Blödsinn, von Ihnen ein kümmerliches Almosen anzunehmen, wenn man das Ganze kriegen kann. Zweitens ist es meiner Mami völlig wurscht, was Sie wollen und drittens wissen Sie zuviel. Sie wissen jetzt, dass ich meinen Vater abmurksen werde und weil Sie dagegen sind, werden Sie's der Polizei sagen, dass ich's war. Also müssen Sie weg. Ist doch logisch, oder?“
Jetzt wurde es Claudia doch bange. Dieser Sohn vom Chef sagte das alles so kalt und selbstverständlich, als

ob es ihm wirklich nichts ausmachen würde, jemanden umzubringen.
„Ich persönlich finde es zwar schade“, setzte Matthias fort, „Sie sind immerhin eine ganz fesche Person und hübsche Mädel abmurksen ist nicht so ganz meine Art. Aber was sein muss, muss sein. Also, bringen wir's gleich hinter uns?“
Dabei zog Matthias eine Pistole aus der Hosentasche, die gleiche, die Claudia im Garten gefunden hatte. Die lag heute in der Besteckklade des Küchenkastens und Claudia verfluchte sich selber, dass sie das Ding nicht gleich an sich genommen hatte, als sie Matthias hereinließ. Sie musste Zeit gewinnen, um an die Pistole zu kommen.
„Warten Sie!“, rief sie. „Lassen Sie uns drüber reden!“
„Wozu?“, fragte Matthias. „Was sein muss, muss sein. Ich hab Ihnen schon gesagt, dass ich ungern ein so fesches Mädel abknalle.“
„Dann lassen Sie's sein!“
„Geht nicht. Sonst wird Mami böse. Und ich hab Ihnen schon gesagt, dass das dann eine mittlere Naturkatastrophe wäre.“
„Sie werden doch nicht so ein Muttersöhnchen sein“, sagte Claudia und bewegte sich langsam auf den Küchenschrank zu.
„Bin ich nicht“, behauptete Matthias. „Aber wo Mami Recht hat, hat sie Recht. Sie müssen leider einen Abgang machen. Ist ihnen die Pistole recht, oder soll ich Sie lieber ein bisschen in die Luft sprengen? Den Plastiksprengstoff haben Sie ja hoffentlich nicht angerührt.“
„Hab ich mich nicht getraut“, sagte Claudia, die den Küchenkasten beinahe erreicht hatte.
„Also? Was ist Ihnen lieber? Mir persönlich wäre das

Sprengen lieber, weil der Mustafa den Sprengstoff billiger hergibt, als die Pistolen."
Jetzt war Claudia am Küchenkasten. Blitzschnell zog sie die Bestecklade auf, griff nach der Waffe, richtete sie auf Matthias und drückte ab.
Nichts geschah. Der Abzugshahn ließ sich nicht bewegen.
Matthias lachte. „Pistolen haben einen Sicherungshebel", erklärte er. „Wenn man das nicht weiß, sollte man lieber nicht damit spielen."
Jetzt geriet Claudia in Panik. Sie ließ die Waffe fallen und rannte aus der Küche. Hinter ihr krachte es. Also hatte Matthias tatsächlich auf sie geschossen!
In Todesangst erreichte Claudia die Haustür – und saß in der Falle. Ordentlich, wie sie war, hatte sie abgeschlossen, nachdem Matthias eingetreten war. Bevor sie den Schlüssel, der im Schloss steckte, noch umdrehen konnte, war Matthias schon heran und drehte ihr dem Arm auf den Rücken. Claudia schrie auf.
„Entschuldigung", zischte Matthias zwischen den Zähnen hervor. „Muss leider etwas weniger sanft als sonst sein. Aber Sie Bestie hätten tatsächlich auf mich geschossen!"
Claudia wehrte sich verbissen. Sie trat um sich und versuchte auf jede erdenkliche Art, sich zu befreien, aber Matthias war kräftiger, als er aussah. Mit einer Schnur, die er offenbar vorsorglich mitgenommen hatte, fesselte er Claudia, die sich weiterhin wand wie ein Aal. Aber schließlich lag sie gut verschnürt am Boden.
„So, jetzt werden Sie müde sein, nach der Anstrengung", keuchte Matthias. „Kleines Schläfchen jetzt. Das letzte." Er griff unter Claudias Armen durch, packte ihre Handgelenke und mit diesem Sanitätergriff zog er seine Gefangene die Stiege hinauf.

Claudia wand sich nach Kräften und sie schrie auch, so laut sie konnte, aber Matthias ließ sich nicht beeindrucken. Es dauerte nicht lang, da waren sie im Schlafzimmer angelangt und Matthias schmiss Claudia auf Siegfrieds Bett.

Dann sah er nach dem Sprengstoff. Von dem Paket, das er einem Bein des Bettes befestigt hatte, führte ein Draht weg. Diesen Draht hatte Matthias am Vortag sauber durch das Fenster geführt und in den Garten hinunter hängen lassen. Und an diesen Draht musste er jetzt nur die kleine elektrische Batterie anschließen, die er im Hosensack dabei hatte.

„Angenehme Himmelfahrt!“, verabschiedete er sich und verließ das Schlafzimmer.

Claudia war beinahe von Sinnen vor Angst. Sie schrie jetzt nicht mehr, aber sie warf sich herum im Bemühen, ihre Fesseln zu lösen. Dabei fiel sie vom Bett auf den Boden und in diesem Moment riss die Schnur, die ihre Arme auf dem Rücken fixiert hatte.

Ein paar Sekunden brauchte Claudia, um wieder halbwegs klar denken zu können. Aber dann tastete sie nach dem Paket mit dem Sprengstoff und riss es vom Holzbein des Bettes ab. Ahnend, dass ihr keine Zeit mehr verblieb, sich von den Fußfesseln zu befreien, stand sie trotz der Fesseln auf, hüpfte zum Fenster, riss es auf und schmiss den Sprengstoff in den Garten.

Dort war Matthias soeben dabei, die Batterie mit dem Draht zu verbinden. Der Zündfunke fuhr in den Sprengstoff, als dieser soeben, von Claudia geworfen, den Boden des Gartens erreichte. Etwa sechs Meter von Matthias entfernt.

Es knallte gewaltig, als die Bombe detonierte. Oben im Schlafzimmer wurde Claudia durch die Explosion umgerissen und fiel auf den Boden. Und unten im

Garten wurde Matthias durch die Druckwelle der Detonation ins Schwimmbecken geblasen.
Claudia, der es in den Ohren dröhnte, wurde plötzlich klar, dass sie gerade noch einmal davongekommen war. Und in derselben Sekunde gewann ihr resolutes Naturell wieder die Oberhand. In ihrem Hirn schrie jede einzelne Nervenzelle nach Rache!
In Windeseile löste sie die Fußfesseln und dann lief sie, so rasch sie konnte, in die Küche, um die Pistole zu holen. Bevor sie damit in den Garten lief, sah sie sich das Ding an. Aha, das musste der Sicherungshebel sein! Sie legte ihn um und rannte aus dem Haus.
Als sie zum Schwimmbecken kam, kletterte Matthias gerade heraus. Claudia probierte, ob es wirklich der Sicherungshebel gewesen war, den sie umgelegt hatte und schoss auf Matthias. Es funktionierte.
Matthias schoss zurück. Es war erstaunlich, aber diesmal hatte er seine Pistole nicht verloren. Claudia ging hinter dem Birnbaum in Deckung und schoss nochmals auf ihren Gegner. Sie traf aber die Terrassentür des Wohnzimmers, die zersplitterte.
„Danke für den Notausgang!", rief Matthias und sprintete zu dieser Tür. Er brauchte nur zwei Sekunden, um ins Wohnzimmer zu gelangen und sich für Claudia unsichtbar zu machen.
In diesem Moment fuhr der alte Golf von Jerry vor dem Grundstück vor. Als Jerry vorschriftsmäßig eingeparkt hatte und soeben ausstieg, fiel ein Schuss von Matthias, der Claudia hinter dem Birnbaum teilweise sehen konnte. Claudia antwortete mit einem Schuss ins Wohnzimmer, obwohl die Wahrscheinlichkeit eines Treffers gleich null war.
Jerry hörte die zwei Schüsse. Da er selber unbewaffnet war, rief er unverzüglich die Polizei an. Er gab sich als

Jerry von der Detektei Braun und Partner zu erkennen, nannte die Adresse und bat: „Schickt mir ein paar Leute, bitte. Da wird geschossen!“
Ein Funkwagen wäre bereits unterwegs, wurde ihm gesagt, weil Nachbarn eine Frau hätten schreien hören. In spätestens drei Minuten wären die Kollegen da.
Drei Minuten noch! Diese Auskunft veranlasste Jerry aus Sorge um Claudia, sich auch unbewaffnet auf das Grundstück zu begeben. Er überkletterte das Gartentor, öffnete von innen das Schnappschloss und ließ die Tür für die Kollegen von der Polizei offen.
Mittlerweile hatten die beiden Duellanten Gesprächskontakt aufgenommen.
„Na, dafür, dass Sie sich mit Waffen nicht auskennen, ballern Sie ganz schön durch die Gegend“, rief Matthias aus der Dunkelheit des Wohnzimmers.
„Man tut, was man kann“, antwortete Claudia. „Sagen Sie, wie oft kann man denn mit so einem Ding schießen?“
„Probieren Sie's aus“, rief Matthias zurück.
Drei Sekunden später rief Claudia. „Nichts mehr drin!“
Als sich daraufhin Matthias an der zersplitterten Terrassentür zeigte, krachte der nächste Schuss Claudias. „Entschuldigung“, rief sie. „War doch noch was drin!“
Fluchend zog sich Matthias wieder in seine Deckung zurück. Etwa eine Minute lang geschah gar nichts, dann rief Matthias: „Waffenstillstand?“
„Tut mir Leid“, rief Claudia zurück. „Ich muss Sie jetzt in Notwehr erschießen. Sie wissen nämlich zu viel. Hauptsächlich das mit den abgezweigten Beträgen.“
Als Antwort krachte ein Schuss aus Matthias' Pistole. Aber Claudia war hinter dem Birnbaum fast nicht zu treffen.

„Claudia?“ Es war Jerry, der da rief und auf dem Bauch vom Gartentor her auf Claudia zu gekrochen kam. Claudia wagte es nicht, die Terrassentür aus den Augen zu lassen, aber sie erkannte Jerrys Stimme. „Jerry?“, rief sie zurück.

„Ja. Geht's dir gut?“

„Ja. Abgesehen von dem kleinen Gefecht da. Da drin im Haus ist der Sohn von Ingenieur Kratky. Der hat auf seinen Vater geschossen. Komm, mach ihn kalt!“

„Warum?“, fragte Jerry. „Der macht sich in einer Zelle sicher ganz malerisch aus. Die Polizei wird gleich da sein und ich bin unbewaffnet.“

„Verdammt! Alles muss man selber machen“, rief Claudia und ging zum Angriff auf das Wohnzimmer über.

„Bleib in Deckung, Claudia!“, schrie Jerry.

Aber Claudia lief geduckt in bester Rambo – Manier auf die Terrassentür zu. In diesem Moment traf der Polizeiwagen ein.

Aus der mehr als dürftigen Deckung eines Liegestuhles, der auf halbem Weg zur Terrassentür stand, feuerte Claudia soeben ins Wohnzimmer, als die Polizisten in den Garten liefen.

„Macht flott!“, rief Jerry, immer noch auf dem Boden liegend. „Der Verbrecher sitzt im Wohnzimmer und meine Freundin Claudia rückt ihm auf den Pelz! Und passt um Himmels Willen auf die Claudia auf!“

„Wär ja eigentlich deine Sache, wenn's deine Freundin ist, Jerry“, sagte einer der Polizisten, als er an dem liegenden Jerry vorbei gegen die Terrasse vorrückte.

„Stimmt eigentlich“, meinte Jerry und sprang auf. Mit dem Kriegsruf „Attacke!“ stürmte er am Rand des Schwimmbeckens entlang vor und versuchte, zum Liegestuhl zu gelangen, hinter dem Claudia kauerte. Die Ecke des Schwimmbeckens, um die er dabei biegen musste, kürzte er durch einen Sprung quer drüber ab, erreichte aber den gegenüberliegenden Beckenrand nicht ganz und landete wieder einmal im Bassin. Der Polizist hatte Claudia mittlerweile erreicht. „Verschwinden Sie“, zischte Claudia. „Den leg ich um, da drin!“ Da nahm ihr der Polizist einfach die Pistole weg.

Aus dem Wohnzimmer kam Matthias mit erhobenen Händen heraus. Er blutete ein bisschen von der Schläfe. Dort hatte ihn ein kleiner Stein erwischt, den die Explosion weggeschleudert hatte.

Als Matthias abgeführt wurde, stand Jerry noch immer voll bekleidet im Schwimmbecken und einer der Polizisten sagte zu ihm: „So heiß is’ es heut aber gar nicht, Jerry.“

„War doch eine heiße Sache“, meinte Jerry. „Na, was sagt ihr zu meiner Claudia?“

„Kompliment“, meinte der Polizist. „An deiner Stelle tät’ ich Nachhilfeunterricht bei ihr nehmen.“

„Hat Jerry Cotton nicht nötig“, sagte Jerry. Dann kletterte er aus dem Schwimmbecken und trotz seiner nassen Kleidung umarmte er Claudia.

„Nachhilfe von einem Mädel in Sachen Feuergefecht hat ein Jerry Cotton nicht nötig“, bekräftigte er nochmals. „Noch dazu, wo das Mädel mit Waffen nix am Hut hat. Aber das ganze Mädel hat er nötig!“

12. Kapitel

Siegfried stürzt beinahe ab und Sabine hat ihn am Kragen

Zu dem Zeitpunkt, als in Siegfrieds Garten das Feuergefecht zwischen Claudia und Matthias stattfand, lagen Siegfried und Sabine in über zweitausend Metern Seehöhe im kurzen Gras einer Almwiese. Die Kaltenbachschlucht war ganz in der Nähe, das Wetter war zwar eher kühl, aber ideal für einen Ausflug ins Hochgebirge und außer dem entfernten Geräusch von Kuhglocken war es absolut still.

Sabines Kopf lag auf Siegfrieds Brust und Siegfried kraulte zärtlich Sabines schwarzes Haar. „Wunderbare Luft", meinte Siegfried. „Es riecht nach Alpenkräutern, Freiheit und frischer Kuhscheiße. Schlägt sich alles in den Zimmerpreisen nieder, aber das macht nix. Eine herrliche Gegend."

„Dann bereust du's nicht, dass wir hergekommen sind?", fragte Sabine und richtete sich auf.

„Keine Minute von der Zeit da mit dir würde ich mir abkaufen lassen", gestand Siegfried. „Für keinen noch so hohen Betrag!"

„Fein!" Sabine lächelte Siegfried an und der zog ihren Kopf herunter, umarmte und küsste sie voller Leidenschaft.

„Köstlich, dies Ruhe", sagte er, als er ihren Kopf wieder in die richtige Position zum Kraulen gebracht hatte und die frühere Tätigkeit wieder aufnahm. „Das hätte ich manchmal gebraucht damals, als ich noch im Büro gehockt bin und meine Sensorsysteme entwickelt hab."

„War das stressig?", fragte Sabine.
„Manchmal hätte ich den Saftladen am liebsten angezündet", gestand Siegfried. „Weißt du, warm abtragen und die Versicherung kassieren. Aber das hab ich mich nicht getraut."
„Dazu bist du nicht der Typ", stellte Sabine fest. „Du bist ein Ehrenmann durch und durch."
„Leider", stellte Siegfried fest. „Übrigens Ehrenmann. Der muss seine Versprechen halten. Und ich hab dir einen Strauß Gänseblümchen versprochen. Na, dann werd' ich mich einmal an die Arbeit machen."
Siegfried schob Sabines Kopf sanft von seiner Brust und stand auf. „Bleib liegen", sagte er. „Es reicht, wenn einer arbeitet."
Suchend entfernte sich Siegfried über die Almwiese und sah dabei angestrengt zu Boden. Ein reichlich kühler Wind erhob sich und Sabine begann, leicht zu frösteln. Sie schlüpfte in ihren Anorak.
„Siegfried!", rief sie dann. „Du solltest dir was überziehen. Du willst ja nicht mit Schnupfen im Bett bleiben, solang wir noch da sind."
Siegfried kam zurück zu Sabine und holte seine Windjacke. Als er den Reißverschluss zuzog, fragte er: „Darf es auch ein Edelweiß sein? Gänseblümchen sind nicht zu finden, und wenn's da welche gibt, haben die Kühe drauf geschissen."
„Ausnahmsweise", genehmigte Sabine. „Aber wir wollen das nicht zur Gewohnheit werden lassen!"
Siegfried wandte sich in die Richtung zur Kaltenbachschlucht. „Dort am Rand der Wand sollte man Edelweiß finden können", meinte er.
„Pass auf da drüben", warnte Sabine. „Das ist die Kaltenbachschlucht. Da geht's sicher unheimlich tief senkrecht runter!"

„Ich hab nicht vor, runter zu hüpfen", beruhigte Siegfried und Sabine legte sich wieder hin.
Es war so friedlich hier heroben, dass Sabine beinahe eingedöst wäre. Doch dann kamen vier Bergsteiger, die auf dieser Almwiese Rast zu machen gedachten und Sabine wurde wieder munter, als die vier ihre Rucksäcke abnahmen und etwa dreißig Meter von ihr entfernt an einem einzelnen, großen Felsbrocken begannen, einen Imbiss auszupacken. Sabine setzte sich auf und die vier Kletterer grüßten freundlich herüber.
Als sich Sabine wieder hinlegen wollte, hörte sie Siegfried rufen: „Sabine, ist das nicht wirklich eins?"
Sie stand auf und wandte sich in die Richtung, aus der sie die Stimme gehört hatte.
Dort drüben, direkt am Abgrund, stand Siegfried und starrte nach unten. Sabine trat neben ihn. „Du meine Güte", sagte sie. „Da kann ich gar nicht runter schauen! Da geht's ja irr tief runter!"
„Dort, links, das ist doch ein Edelweiß? Oder?" Siegfried deutete auf einen ganz schmalen Felsvorsprung etwa eineinhalb Meter unter ihnen. Sabine sah hin.
„Könnte sein", sagte sie. „Aber untersteh dich, da runter zu kraxeln!"
„Geht doch ganz leicht!", behauptete Siegfried. „Auf dem Felsvorsprung unter uns kann man locker stehen! Da kann man Fußball spielen drauf, so breit ist der."
„Siegfried, bitte bleib da! Lass das Edelweiß!"
„Nein. Das hol ich dir! Ein besonderes Geschenk für eine besondere Frau!"
Und damit begann Siegfried, sich für den Abstieg zum schmalen Felsvorsprung vorzubereiten. Er legte sich auf den Bauch und tastete mit den Beinen nach dem Felsband.
„Siegfried! Auf der Stelle lässt du das bleiben!", rief

Sabine.
„Ach, mach dir nicht ins Hemd“, sagte Siegfried und ließ sich langsam über die Kante des Abgrunds gleiten, wobei er sich mit den Händen an einer Wurzel festhielt, die direkt an der Bruchkante aus dem Erdreich ragte.
„Stopp, Siegfried! Komm zurück!“, rief Sabine und legte sich ebenfalls auf den Bauch, um Siegfried wieder zurück zu ziehen.
„Dauert nur eine Minute“, beruhigte Siegfried, der auf dem schmalen Felsband Halt gefunden hatte und sich zu dem Edelweiß hinüber beugte, um es zu pflücken. Aber dann sagte er: „Verflixt, ist doch was anderes. Nur so ähnlich wie ein Edelweiß.“ Und in diesem Moment gab der Halt unter seinen Füßen nach.
Sabine sah Siegfried abrutschen, schrie auf und griff mit beiden Händen nach ihm. Sie bekam ihn am Kragen seines Anoraks zu fassen und für ein oder zwei Sekunden schien es, als ob der schmale Tritt unter Siegfrieds Gewicht doch halten könnte. Aber dann brach er ganz weg und Steine kollerten in die Tiefe. Siegfried hing mit seinem ganzen Gewicht nur am Kragen seines Anoraks.
Gellend schrie Sabine um Hilfe. Die Bergsteiger oben beim Felsblock auf der Almwiese mussten sie gehört haben. Siegfried versuchte verzweifelt mit Händen und Füßen an der senkrechten Wand Halt zu finden, er glitt aber immer wieder ab.
„Beweg dich nicht!“, befahl Sabine. „Sonst kann ich dich nicht halten!“
Siegfried hielt still. „Lass los“, sagte er. „Sonst zieh ich dich mit runter.“
„Ich halt dich!“, versprach Sabine. Und dann bemerkte sie, wie Siegfrieds Gewicht sie selber langsam im-

mer näher zur Abbruchkante zog. Sie versuchte, mit den Schuhspitzen Halt im Erdreich zu finden und plötzlich spürte sie einen Widerstand im Boden. Mit den Zehenspitzen versuchte sie, sich zu stabilisieren und tatsächlich rutschte sie nicht mehr weiter. Aber sie musste alle Kraft ihrer Beinmuskeln aufbieten.
„Lass los, Sabine", sagte Siegfried wieder. „War eine wunderschöne Zeit mit dir. Aber alles ist irgendwann einmal vorbei."
„Kommt nicht in Frage." Das klang wie zwischen den Zähnen hervorgepresst. Tatsächlich bedeutete es ja eine enorme Anstrengung für Sabine, den doch etwas glatten Stoff von Siegfrieds Anorak nicht aus ihren Fingern gleiten zu lassen und dem Zug seines Gewichts mit den Zehen Widerstand zu bieten. Noch einmal schrie Sabine um Hilfe. Und dann bemühte sie sich, jedes Atom von Kraft in ihren Fingern zu konzentrieren, damit ihr der Kragen nicht entglitt.
„Du kannst mich nicht halten, Sabine! Lass los!", rief Siegfried noch einmal.
„Ich hab kräftige Finger vom Massieren", sagte Sabine mit zusammen gebissenen Zähnen. Und gleichzeitig führte sie einen furchtbaren Kampf gegen die Schwerkraft – und gegen sich selber.
Für die herbei eilenden Bergsteiger boten die beiden in Gefahr befindlichen Menschen einen höchst bemerkenswerten Anblick. Die Frau, selber in prekärer Lage, tat ihr Möglichstes, um den Absturz des Mannes zu verhindern. Tatsächlich war die Situation für Sabine aber noch weitaus dramatischer.
Sie hatte die Augen geschlossen, um sich besser auf die Anstrengung konzentrieren zu können. Und vor ihren geschlossenen Augen tauchten auf einmal Bilder auf. Bernd Rappold war auf einmal da, der sagte: „Wobei

ich sogar einen kleinen Bergunfall zu den natürlichen Abgängen zählen würde. Solang alles hieb- und stichfest ist, sollen Ihrer Fantasie keine Grenzen gesetzt sein."
„Und ich krieg die Prämie, wenn er absäuft oder abstürzt?", hörte sie sich selber sagen und sie sah wieder Rappolds nickenden Kopf vor sich, der sagte: "Vorausgesetzt, es handelt sich um einen eindeutigen Unfall."
Sabines überanstrengte Finger schmerzten höllisch und überdies hatte sie keine Kraft mehr in den Beinmuskeln. Gleich würde sie wieder auf den Abgrund zurutschen. Aber jetzt waren die vier Kletterer zur Stelle und rollten ihr Seil aus. Wenn sie jetzt losließ, hatte sie vier Zeugen für ihren vergeblichen Versuch, Siegfried zu retten.
Das Reklameschild über der Boutique, das „Damenbekleidung Schuster" verkündete, tauchte in ihrem Hirn auf. Und der Brillantring von Siegfried erschien vor ihrem geistigen Auge, und die Halskette, die Siegfried mit Kreditkarte bezahlt hatte. Und jetzt begann Siegfried wieder mit seinen vergeblichen Versuchen, an der Wand einen Halt zu finden.
„Halt still!", presste Sabine zwischen den Zähnen hervor. „Gleich haben wir's geschafft."
Sie fühlte mehr als sie es sah, wie einer der Kletterer plötzlich neben ihr auf dem Bauch lag. Und dann griff eine Hand neben ihrer zu und das enorme Gewicht, das ihre Finger gehalten hatten, wurde etwas leichter, als die dritte Hand einen Teil der Last übernahm. Für Sabine bedeutete es die letzte Chance, loszulassen. Mit nur einer Hand hätte ihr Helfer Siegfrieds Gewicht nicht halten können und es gab genug Zeugen dafür, dass sie ihr Möglichstes versucht hatte. Sie brauchte nur einfach loszulassen. Jetzt! Und ihre Boutique wurde Wirklichkeit.

Innerhalb eines Zeitraumes von nicht ganz zwei Sekunden, bis der Helfer mit der zweiten Hand zugegriffen hatte, schossen weitere Gedanken durch Sabines Gehirn. Sie sah Siegfrieds schuldbewussten Gesichtsausdruck, als er im Zug gesagt hatte „Hau mir eine runter", sie sah seine strahlenden Augen, als sie mit den extrem hohen Absätzen durch das Geschäft in Breitenbach stöckelte und sie fühlte beinahe seine ständigen, zärtlichen Umarmungen. Und immer wieder hörte sie eine böse Stimme ganz hinten in ihrem Hirn, die sagte: „Lass sofort los, du Idiotin!"

Aber Sabine ließ nicht los. Sie sah, wie ein von einem Kameraden gesicherter Kletterer sich über die Abbruchkante gleiten ließ. Sie sah, wie er das Seil um Siegfrieds Brust schlang und dann spürte sie, wie Siegfried am Seil hochgezogen wurde.

Da ließ Sabine endlich los. Aber sie war nicht in der Lage, sich selber vom Abgrund weg zu schieben. Sie musste warten, bis einer der Kletterer sie an den Beinen zurückzog.

Und dann lagen sie beide, Siegfried und Sabine, auf dem Rücken nebeneinander, umsorgt von den vier Kletterern. Einer von ihnen flößte Sabine einen Schluck Schnaps ein und langsam kam sie wieder zu Kräften.

„Danke", sagte sie einfach.

„Ja Himmelherrgott, das war sauber!", bemerkte einer der Kletterer. „Dass Sie das packen, hätt i net g'glaubt. War a reife Leistung!"

„Ja, alle Achtung", sagte der, der zu Siegfried hinunter geklettert war. „Woher haben Sie die Kraft g'nommen?"

„Waren die letzten Reserven", gestand Sabine. „Aber

wenn's um das geht, was einem am liebsten ist, hat man eben immer noch eine allerletzte Reserve."

Siegfried, der bis dahin nur apathisch dagelegen hatte, setzte sich plötzlich auf. „Hast du das ernst g'meint, Sabine? Das mit dem Liebsten?"

Sabine ließ sich wieder zurück sinken. „Du, im Moment ist mir nicht nach flunkern", sagte sie leise. Und dann fügte sie hinzu: „Beim Fahren ablösen kann ich dich in der nächsten Zeit nicht. Keine Kraft in den Fingern. Ich kann das Lenkrad sicher nicht halten."

„Du brauchst nicht fahren. Du wirst auf Händen getragen", versprach Siegfried.

Und dann bedankte er sich in aller Form bei den vier Kletterern. Er bestand drauf, ihre Namen erfahren zu dürfen, um die prompte und effiziente Hilfe in diversen Medien publik machen zu können. Schließlich bot sich die Seilschaft noch an, Sabine und Siegfried ins Tal zu begleiten, aber die beiden lehnten ab. Die Herren mögen sich nicht von ihrer Bergtour abhalten lassen, es wäre alles wieder in Ordnung. Und so schied man voneinander in bestem Einvernehmen.

Den Wanderweg ins Tal zurück bewältigten Siegfried und Sabine Hand in Hand, in vollkommenem Gleichschritt, wobei sie sich aber keine Mühe gaben, ihre Schritte einander anzupassen. Es ergab sich einfach so. Und den ganzen, langen Weg hindurch schwiegen beide. Nur einmal sagte Siegfried in einem seltsam feierlichen Tonfall:

„Du hast mich festgehalten. Unter eigener Lebensgefahr. Festgehalten und nicht losgelassen, obwohl ich dich drum gebeten hab. So. Und jetzt lass ich dich nicht mehr los."

Aber außer dieser kurzen Ansprache Siegfrieds wurde zwischen den beiden kein weiteres Wort gewechselt.

Wenn man miteinander vollkommen im Einklang ist, ist das nämlich gar nicht notwendig.

An diesem Abend massierte Siegfried seine Sabine. Vor allem ihre Hände, die ja bei dem Abenteuer am Abgrund zur Kaltenbachschlucht am meisten beansprucht worden waren.

„Dass da so viel Kraft drinsteckt", wunderte sich Siegfried, als er Sabines Finger rubbelte. „Und so viel Ausdauer! Andere hätten längst losgelassen."

„Sicher nicht", widersprach Sabine. „Nicht, wenn's um so viel geht."

„Um so viel? Was denn?"

„Na, dich!"

Dann nahm sich Siegfried ihre Beine vor. Er hatte gar nicht mitgekriegt, dass sich Sabine mit den Zehen festhalten musste, um nicht von ihm in den Abgrund gezogen zu werden, aber Sabine gestand, dass sie kaum mehr gehen konnte.

Sabine, die professionelle Masseuse, genoss es, selbst einmal massiert zu werden. „Du machst das großartig", lobte sie. „Daran könnte man sich gewöhnen."

„Wirst du auch müssen", kündigte Siegfried an. „In Zukunft massieren wir einander gegenseitig. Ich hab dir ja schon gesagt, dass ich dich nicht mehr loslasse. Du kannst strampeln, soviel du willst."

„Ich will ja gar nicht strampeln", sagte Sabine. „Viel zu anstrengend für die beleidigten Beinmuskeln."

„Na, dann hat die Sache mit dem Beinaheabsturz auch was Gutes gehabt", meinte Siegfried. „Wie willst du denn in Zukunft heißen? Kratky oder Schuster? Wenn du unbedingt weiterhin Schuster heißen willst, schmeiß ich die Claudia raus und stell dich an. Als Privatsekretärin und Gouvernante, mit einem Vertrag, der Kündigung ausschließt, aber mit Option auf Namensänderung."

Sabine entzog Siegfried ihre Beine und setzte sich im Bett auf. „Wie bitte? Sag das noch einmal!"

„Hast du's nicht verstanden?"

„Doch. Aber es klingt so schön!"

Eine Woche später betrat Sabine, in ihrem dunkelgrauen Hosenanzug mit den Nadelstreifen, ganz so aussehend wie eine große Geschäftsfrau, das Büro von Bernd Rappold.

„Nehmen Sie Platz, Frau Schuster", begrüßte sie Bernd. „Ich hoffe, Sie haben mich nicht um diese Unterredung gebeten, um mir eine neuerliche Abmachung bezüglich dieses alten Katers Siegfried vorzuschlagen."

„Doch", sagte Sabine und setzte sich auf den Besucherstuhl vor Bernds Schreibtisch.

„Alte Kater haben offenbar wie die Katzen sieben Leben", sinnierte Bernd. „Es wäre sinnlos, es noch einmal zu probieren."

„Ganz meine Meinung", stimmte Sabine zu. „Außerdem würden Sie's da mit mir zu tun kriegen, Herr Rappold."

Bernd zog die Augenbrauen hoch. „Ach, wirklich?"

„Ja. Kein Spaß! Ich bin übrigens in meiner Eigenschaft als neue Privatsekretärin von Herrn Ingenieur Kratky da."

„Ach, hat er die Claudia rausgeschmissen, nachdem sie ihn zwei Jahre abgeräumt hat wie einen Christbaum zu Dreikönig?"

„Hat er. Aber er will nicht, dass sie ins Gefängnis kommt. Er sieht von einer Anzeige ab, weil die Claudia die abgezweigten Beträge zurückzahlt."
„Schau an! Der Alte kann auch menschlich sein?"
„Das ist Siegfried immer. Durch und durch. Er hat es als gar nicht so schlimm aufgefasst, dass ihn die Claudia zwei Jahre lang bestohlen hat. Viel schlimmer hat's ihn getroffen, dass sie ihm seine Herzkrankheit eingeredet hat, damit er möglichst bescheiden lebt und möglichst wenig Geld ausgibt. So, dass sie sich noch mehr unter den Nagel reißen kann. Siegfried ist kerngesund!"
Bernd sah bekümmert drein. „Deshalb haben Sie keine Chance gehabt, ihn mit der liebevollen Methode unter die Erde zu bringen!"
„Ich könnte mich stundenlang ohrfeigen, weil ich's am Anfang tatsächlich probiert hab", gestand Sabine. „Dabei ist er ein so lieber Mensch! Leider hab ich ihn erst kennen gelernt, nachdem wir weggefahren sind."
„Na, da übertreiben Sie aber. So ein guter Kerl ist der Siegfried nicht", warf Bernd ein.
Sabine schüttelte den Kopf. „Sie kennen ihn nicht. Wahrscheinlich haben Sie nur geschäftlich mit ihm zu tun gehabt."
„Das stimmt", gab Bernd zu. „Geschäftlich ist er ein gefinkelter Hund. Aber was wollten Sie mir vorschlagen?"
„Siegfried bastelt zu Haus immer noch mit seinen Sensoren herum", sagte Sabine. „Das macht ihm aber zu wenig Spaß, weil es keine sehr sinnvolle Beschäftigung ist. Vollautomatische Rasenmäher und Schwimmbeckenreiniger sind keine Herausforderung für ihn. Was halten Sie davon, dass er wieder bei KESS mitmacht?"
„Was?" Bernd war leicht schockiert. „Er will die Firma zurück? Kommt nicht in Frage!"

„Nein, er will die Firma nicht zurück. Er will Ihnen helfen. Bei der Entwicklung neuer Produkte. Es bleibt alles beim Alten, aber Siegfried macht wieder bei Ihnen mit. Nur so zum Spaß und mit halber Kraft. Er hat so das Bedürfnis, sich seine monatliche Leibrente ehrlich zu verdienen."
Bernd überlegte. „Na, wenn das so ist... Da müsste man das aber vertraglich regeln, sonst spuckt mir der Alte wieder in die Suppe, so wie er's gemacht hat, bevor er mir das Unternehmen übergeben hat."
„Kein Problem", sagte Sabine. Und vertraulich fügte sie hinzu: „Ich will ja nur, dass er sich wieder voll akzeptiert fühlt und nicht als Schmarotzer. Und der Siegfried ist jetzt so glücklich zu Hause, dass er gar keine Lust hat, Ihnen in die Geschäftsführung hinein zu pfuschen. Nur ein bisschen sinnvoll arbeiten will er."
Bernd begann zu grinsen. „Na ja, wir haben da grad so ein kleines Problem. Es geht um die Entwicklung eines vollautomatischen Gerätes, das die Sanitäreinrichtungen von Hotelzimmern putzt und sterilisiert. Wir haben da eine Anfrage von einer großen Hotelkette, die die Putzfrauen wegrationalisieren will. Automaten kriegen kein Gehalt, die sind mit ein bisschen Strom zufrieden. Die Anforderungen des Kunden kann ich Ihnen mitgeben. Soll sich der Siegfried den Kopf drüber zerbrechen, wie so ein Häuselputzroboter aussehen könnte. Ich hab mich mit solchen Dingen immer schwer getan. Mein Gebiet ist das Kommerzielle, nicht das Technische."
„Siegfried hat vor, vor allem zu Haus zu arbeiten. Ihr Entwicklungslabor wird er nur manchmal brauchen, meint er."
„Da kann er jederzeit rein!"
„Wäre das eine Verhandlungsbasis für Sie?", fragte Sa-

bine, nachdem Bernd bisher so positiv reagiert hatte.
„Klar! Wenn er für sein Geld was Brauchbares liefert, wäre ich verrückt, nicht einverstanden zu sein. Aber mehr zahlen tu ich ihm nicht!"
„Um das geht's ihm auch gar nicht. Wie gesagt, alles bleibt beim Alten."
„Na dann..." Plötzlich wurde Bernds Gesichtausdruck misstrauisch. „Wieso ist er mit seiner Leibrente zufrieden und will nicht mehr?"
„Aus Dankbarkeit", erklärte Sabine. „Weil er mich durch Sie kennen gelernt hat."
Bernd nickte. „Das ist ein Argument, das ich verstehe", meinte er.
„Dann sage ich ihm also, er soll die Einzelheiten persönlich mit Ihnen besprechen?", fragte Sabine.
„Tun Sie das", stimmte Bernd zu, was ihm ein dankbares und strahlendes Lächeln von Sabine eintrug. Sie erhob sich. „Gut. Er wird Sie anrufen. Danke schön!"
Als sich Sabine zur Bürotür wandte, rief ihr Bernd nach: „Ach, übrigens, der Siegfried weiß doch hoffentlich nicht, dass Sie ihn in meinem Auftrag fast am Kragen gehabt hätten?"
Sabine wandte sich nochmals um. „Weiß er nicht", sagte sie. „Er hat's zwar immer schon vermutet, aber er weiß es nicht definitiv." Dann lächelte sie geheimnisvoll. „Dabei hab ich ihn tatsächlich am Kragen gehabt", sagte sie. „Und Gott sei Dank festgehalten..."
Damit verließ sie das Büro und Bernd sah ihr verständnislos nach.
